BUR
rizzoli

Luigi Pirandello in BUR

Aforismi
Pillole - Pagine 144 - ISBN 1710471

Il berretto a sonagli
Pillole - Pagine 96 - ISBN 1710473

Ciascuno a suo modo
Pillole - Pagine 144 - ISBN 1710475

Così è (se vi pare)
Pillole - Pagine 140 - ISBN 1710469

Enrico IV
Pillole - Pagine 128 - ISBN 1710476

L'esclusa
Pillole - Pagine 224 - ISBN 1710470

Il fu Mattia Pascal
Classici moderni - Pagine 400
ISBN 1701619

Il giuoco delle parti
Pillole - Pagine 128 - ISBN 1710472

Sei personaggi in cerca d'autore
Pillole - Pagine 200 - ISBN 1710468

Tutte le novelle (cof. 3 voll)
Classici moderni - Pagine 3480
ISBN 1701910

Tutte le novelle I. 1884-1904
Classici moderni - Pagine 1280
ISBN 1701905

Tutte le novelle II. 1905-1913
Classici moderni - Pagine 1240
ISBN 1701908

Tutte le novelle III. 1914-1936
Classici moderni - Pagine 960
ISBN 1701909

Uno nessuno e centomila
Pillole - Pagine 208 - ISBN 1710467

LA GIARA
e altre novelle

Luigi Pirandello

pillole BUR rizzoli

ISBN 978-88-17-01474-8

Prima edizione pillole BUR gennaio 2007
Seconda edizione pillole BUR marzo 2009

NOTIZIE SU PIRANDELLO

Io dunque son figlio del Caos

Luigi Pirandello nasce il 18 giugno 1867 presso Girgenti (oggi Agrigento), in una località detta «il Caos». La famiglia è benestante. Il padre, Stefano, ex garibaldino, è proprietario di alcune zolfare. Conclusi gli studi classici si iscrive alla Facoltà di Lettere dell'Università di Palermo, e quindi a quella di Roma, dove segue i corsi dell'illustre linguista Ernesto Monaci. Nel 1888 si trasferisce all'Università di Bonn, in Germania, dove si laurea nel 1891 con una tesi sul dialetto di Girgenti. A Bonn scrive articoli e poesie, che pubblica su riviste italiane, e inizia a tradurre le *Elegie romane* di Goethe.

"Provarsi nell'arte narrativa"

Rientrato in Italia nel 1892, Pirandello si stabilisce a Roma, dove incontra uno dei grandi autori del verismo siciliano, Luigi Capuana, che lo introduce negli ambienti letterari e lo incoraggia «a provarsi nell'arte narrativa in prosa». Il suo primo romanzo è *L'esclusa*, pubblicato nel 1901. Comincia anche a scrivere novelle. Nel 1894 sposa Maria Antonietta Portulano. Dal matrimonio nasceranno tre figli:

Stefano, Lietta e Fausto. Collabora a numerose riviste letterarie e pubblica, nel 1894, la prima delle molte raccolte di novelle che scandiranno la sua carriera letteraria; nel 1902 esce il suo secondo romanzo, *Il turno*.

Una frana alla zolfara

Le condizioni economiche di Pirandello subiscono un brusco tracollo quando una frana distrugge la zolfara siciliana dove sono impegnati il patrimonio del padre e la dote della moglie. Da quel momento la famiglia può solo contare sullo stipendio di professore: nel 1897 Pirandello aveva infatti iniziato a insegnare alla facoltà di Magistero di Roma, lavoro che avrebbe conservato per oltre un ventennio. Assieme al dissesto economico si manifestano i primi segni del disagio psichico della moglie, duramente provata dall'immobilità cui la costringe una paralisi alle gambe. In tale situazione di difficoltà, Pirandello intensifica i ritmi di lavoro e scrive, in pochi mesi, il romanzo destinato a diventare il suo capolavoro, *Il fu Mattia Pascal*, che esce a puntate, sulla rivista «Nuova Antologia», nel 1904.

Romanzi, novelle, teatro

Il *Fu Mattia Pascal* desta grande interesse e viene subito tradotto in francese e in tedesco. Pirandello continua a scrivere: novelle; il romanzo *I vecchi e i giovani*, pubblicato in rivista nel 1909 e in volume nel 1913; il poemetto drammatico *Scamandro*, pubblicato nel 1909; due volumi di saggi, *Arte e scienza* e *L'umorismo*, entrambi pubblicati nel 1908. Su suggerimento di un amico commediografo, Nino Martoglio, inizia a ricavare testi teatrali dalle sue novelle, operazione che diventerà costante e caratteristica dell'approccio teatrale pirandelliano. Due atti unici, *Lumìe di Sicilia* e *La morsa*, tratti rispettivamente dalle novelle *Lumìe di Sicilia* e *L'epilogo*, sono rappresentati a Roma, dalla compagnia di Martoglio, nel 1910. Escono altri due romanzi, *Suo marito* nel 1911 e, nel 1915, *Si gira...* (che sarà ribattezzato *Quaderni di Serafino Gubbio operatore* in occasione della seconda edizione, nel 1925). Dal 1909 inizia a scrivere sul «Corriere della Sera», collaborazione che durerà tutta la vita.

La guerra

Il figlio Stefano parte volontario per la guerra, cade prigioniero e viene internato nel campo di concentramento di Mathausen. Le condizioni psicologiche della moglie si aggravano al punto da rendere indispensabile il ricovero in una casa di cura. Muore la madre di Pirandello.

Nuovi successi

Nonostante la guerra e i dissesti familiari, Pirandello continua a scrivere. Dopo la fine del conflitto, la sua fama di autore drammatico si consolida. Nel 1917 vengono rappresentati *Così è (se vi pare)*, *Il berretto a sonagli*, *Il piacere dell'onestà*. Nel 1918 *Ma non è una cosa seria* e *Il giuoco delle parti*. Da questo momento le rappresentazioni di testi pirandelliani si susseguono a ritmo serrato nei teatri di tutta Italia, e la recitazione è affidata ai maggiori interpreti dell'epoca, da Ruggero Ruggeri ad Angelo Musco, da Emma Gramatica a Dario Niccodemi e Lamberto Picasso. La casa editrice Treves pubblica, in 4 volumi, tra il 1918 e il 1921, la prima raccolta di testi teatrali pirandelliani, dal titolo *Maschere nude*.

...e due capolavori

Nel 1921 si rappresenta a Roma *Sei personaggi in cerca d'autore*. È un fiasco clamoroso, ma dopo pochi mesi la commedia è accolta trionfalmente a Milano. Il consenso cresce, e il testo viene tradotto e recitato in molte lingue. Nel 1922 viene rappresentato, a Roma e a Milano, un altro dei grandi drammi pirandelliani, *Enrico IV*, che ottiene un successo clamoroso. Anche *Vestire gli ignudi*, messo in scena poco dopo, riscuote grande attenzione. L'editore Bemporad inizia a pubblicare, nel 1922, le *Novelle per un anno*, raccolta completa dei racconti pirandelliani.

Nei teatri di tutto il mondo

Nel 1922, a pochi giorni dal trionfo milanese dell'*Enrico IV*, si rappresentano a Londra i *Sei personaggi in cerca d'autore*, che arriveranno poco dopo anche a New York. Nello stesso anno altri testi pirandelliani vanno in scena ad Atene e a Parigi. Nel 1923 Pirandello è invitato a Parigi per la prima dei *Sei personaggi*, e quindi a New York. Da questo momento in avanti le rappresentazioni di testi pirandelliani nei maggiori teatri d'Europa e d'America si moltiplicano, e spesso l'autore viaggia per assistervi.

Scelte ufficiali e riconoscimenti pubblici

Nel 1924, poco dopo il delitto Matteotti, in una lettera resa pubblica da un giornale, Pirandello chiede a Mussolini l'iscrizione al partito fascista. Nel 1925 assume la direzione del Teatro dell'Arte di Roma, fondato da un gruppo di giovani tra i quali lo scrittore Massimo Bontempelli e il figlio Stefano, a sua volta apprezzato commediografo con lo pseudonimo di Stefano Landi. La maggior parte dei lavori pirandelliani sono recitati dall'attrice Marta Abba, divenuta compagna dello scrittore, cui si affiancano altri celebri interpreti, come Ruggiero Ruggieri e Lamberto Picasso, che avevano già messo in scena importanti testi dello scrittore. La compagnia organizza anche una serie di tournés all'estero. Nel 1929 lo scrittore, ormai celebre in tutto il mondo, è nominato Accademico d'Italia.
Nel 1934 riceve il Premio Nobel per la Letteratura.

"Sia lasciata passare in silenzio la mia morte"

Nel 1925 esce a puntate sulla «Fiera letteraria» il romanzo *Uno, nessuno e centomila*. Pirandello lavora al testo teatrale *I giganti della montagna*, di cui pubblica in rivista alcune anticipazioni, ma che resterà incompiuto. Muore di polmonite nel dicembre 1936. Lascia un testamento in cui chiede che la notizia della sua morte non venga divulgata, e che i funerali e la sepoltura siano semplicissimi.

PERCORSI DI LETTURA

Per approfondire la conoscenza di Pirandello e delle sue opere, BUR offre ai lettori una vasta scelta di proposte.

Andrea Camilleri, *Pagine scelte di Luigi Pirandello*
Per conoscere Pirandello con una guida d'eccezione, Andrea Camilleri, che accompagna il lettore, sceglie per lui le più importanti tra le molte opere pirandelliane e, soprattutto, racconta perché leggere Pirandello è bello, avventuroso ed emozionante. Andrea Camilleri, siciliano come Pirandello e, come lui, scrittore di grande successo internazionale, ha scelto le pagine più belle del suo illustre collega, e ha scritto un'introduzione che somiglia a uno dei suoi romanzi.

Luigi Pirandello, *Teatro*
Con un saggio di Giovanni Macchia
I capolavori teatrali che hanno valso a Pirandello il Premio Nobel, consacrandolo come il padre del teatro moderno. In un unico volume, il meglio dei drammi ancora oggi più rappresentati nei teatri italiani e stranieri. Con il saggio introduttivo di un grande studioso.

E poi, le **pillole**, una serie di piccoli libri, agili da leggere ed economici da acquistare, che consentono di accostarsi ai testi più belli e celebri di uno scrittore grandissimo.

Il fu Mattia Pascal
Il romanzo più bello e più noto di Pirandello.

Uno, nessuno e centomila
Il lavoro più meditato, parabola finale della «scomposizione della vita».

Sei personaggi in cerca d'autore
L'opera teatrale di Pirandello più innovativa e rappresentata nel mondo.

Così è (se vi pare)
La commedia capolavoro del Nobel siciliano, amata da Eduardo De Filippo e Totò.

L'esclusa
Il primo romanzo di Pirandello, uno dei testi più inquietanti del Novecento italiano.

Il giuoco delle parti
La storia del classico «triangolo» Pirandelliano.

Il berretto a sonagli
Per Sciascia, «la più perfetta commedia di Pirandello».

La giara e altre novelle
Una scelta delle novelle più celebri e più belle.

Ciascuno a suo modo
L'apice del «teatro nel teatro», il palcoscenico come stanza della nevrosi.

Enrico IV
Il primo dramma teatrale a carattere psicanalitico.

Aforismi
A cura di Gino Ruozzi
Un piccolo libro che contiene molte cose. Le frasi più sorprendenti, i pensieri indimenticabili, le trovate bizzarre che tutti vorrebbero ricordare sono state scelte entro l'intera opera di Pirandello, e raccolte in un libretto agile e prezioso.

LA GIARA
e altre novelle

LA GIARA

Piena anche per gli olivi quell'annata. Piante massaie, cariche l'anno avanti, avevano raffermato tutte, a dispetto della nebbia che le aveva oppresse sul fiorire.

Lo Zirafa, che ne aveva un bel giro nel suo podere delle Quote a Primosole, prevedendo che le cinque giare vecchie di coccio smaltato che aveva in cantina non sarebbero bastate a contener tutto l'olio della nuova raccolta, ne aveva ordinata a tempo una sesta più capace a Santo Stefano di Camastra, dove si fabbricavano: alta a petto d'uomo, bella panciuta e maestosa, che fosse delle altre cinque la badessa.

Neanche a dirlo, aveva litigato anche col fornaciaio di là per questa giara. E con chi non l'attaccava Don Lollò Zirafa? Per ogni nonnulla, anche per una pietruzza caduta dal murello di cinta, anche per una festuca di paglia, gridava che gli sellassero la mula per correre in città a fare gli atti. Così, a furia di carta bollata e d'onorarii agli avvocati, citando questo, citando quello e pagando sempre le spese per tutti, s'era mezzo rovinato.

Dicevano che il suo consulente legale, stanco di vederselo comparire davanti due o tre volte la settimana, per levarselo di torno, gli aveva regalato un libricino come quelli da messa: il codice, perché ci si scapasse a cercare da sé il fondamento giuridico alle liti che voleva intentare.

Prima, tutti coloro con cui aveva da dire, per prenderlo in giro gli gridavano: «Sellate la mula!». Ora, invece: «Consultate il calepino!».

E Don Lollò rispondeva:

«Sicuro, e vi fulmino tutti, figli d'un cane!».

Quella bella giara nuova, pagata quattr'onze ballanti e sonanti, in attesa del posto da trovarle in cantina, fu allogata provvisoriamente nel palmento. Una giara così non s'era mai veduta. Allogata in quell'antro intanfato di mosto e di quell'odore acre e crudo che cova nei luoghi senz'aria e senza luce, faceva pena.

Da due giorni era cominciata l'abbacchiatura delle olive, e Don Lollò era su tutte le furie perché, tra gli abbacchiatori e i mulattieri venuti con le mule cariche di concime da depositare a mucchi su la costa per la favata della nuova stagione, non sapeva più come spartirsi, a chi badar prima. E bestemmiava come un turco e minacciava di fulminare questi e quelli, se un'oliva, che fosse un'oliva, gli fosse mancata, quasi le avesse prima contate tutte a una a una sugli alberi; o se non fosse ogni mucchio di concime della stessa misura degli altri. Col cappellaccio bianco, in maniche di camicia, spettorato, affocato in volto e tutto sgocciolante di sudore, correva di qua e di là, girando gli occhi lupigni e stropicciandosi con rabbia le guance rase, su cui la barba prepotente rispuntava quasi sotto la raschiatura del rasoio.

Ora, alla fine della terza giornata, tre dei contadini che avevano abbacchiato, entrando nel palmento per deporvi le scale e le canne, restarono alla vista della bella giara nuova, spaccata in due, come se qualcuno, con un taglio netto, prendendo tutta l'ampiezza della pancia, ne avesse staccato tutto il lembo davanti.

«Guardate! guardate!»

«Chi sarà stato?»

«Oh, mamma mia! E chi lo sente ora Don Lollò? La giara nuova, peccato!»

Il primo, più spaurito di tutti, propose di raccostar subito la porta e andare via zitti zitti, lasciando fuori, appoggiate al muro, le scale e le canne. Ma il secondo:

«Siete pazzi? Con Don Lollò? Sarebbe capace di credere che gliel'abbiamo rotta noi. Fermi qua tutti!».

Uscì davanti al palmento e, facendosi portavoce delle mani, chiamò:

«Don Lollò! Ah, Don Lollòoo!».

Eccolo là sotto la costa con gli scaricatori del concime: gesticolava al solito furiosamente, dandosi di tratto in tratto con ambo le mani una rincalcata al cappellaccio bianco. Arrivava talvolta, a forza di quelle rincalcate, a non poterselo più strappare dalla nuca e dalla fronte. Già nel cielo si spegnevano gli ultimi fuochi del crepuscolo, e tra la pace che scendeva su la campagna con le ombre della sera e la dolce frescura, avventavano i gesti di quell'uomo sempre infuriato.

«Don Lollò! Ah, Don Lollòoo!»

Quando venne su e vide lo scempio, parve volesse impazzire. Si scagliò prima contro quei tre; ne afferrò uno per la gola e lo impiccò al muro gridando:

«Sangue della Madonna, me la pagherete!».

Afferrato a sua volta dagli altri due, stravolti

nelle facce terrigne e bestiali, rivolse contro se stesso la rabbia furibonda, sbatacchiò a terra il cappellaccio, si percosse le guance, pestando i piedi e sbraitando a modo di quelli che piangono un parente morto:

«La giara nuova! Quattr'onze di giara! Non incignata ancora!».

Voleva sapere chi gliel'avesse rotta! Possibile che si fosse rotta da sé? Qualcuno per forza doveva averla rotta, per infamità o per invidia! Ma quando? Ma come? Non gli si vedeva segno di violenza! Che fosse arrivata rotta dalla fabbrica? Ma che! Sonava come una campana!

Appena i contadini videro che la prima furia gli era caduta, cominciarono ad esortarlo a calmarsi. La giara si poteva sanare. Non era poi rotta malamente. Un pezzo solo. Un bravo conciabrocche l'avrebbe rimessa su, nuova. C'era giusto Zi' Dima Licasi, che aveva scoperto un mastice miracoloso, di cui serbava gelosamente il segreto: un mastice, che neanche il martello ci poteva, quando aveva fatto presa. Ecco, se Don Lollò voleva, domani, alla punta dell'alba, Zi' Dima Licasi sarebbe venuto lì e, in quattro e quattr'otto, la giara, meglio di prima.

Don Lollò diceva di no, a quelle esortazioni: ch'era tutto inutile; che non c'era più rimedio; ma alla fine si lasciò persuadere, e il giorno appresso, all'alba, puntuale, si presentò a Primosole Zi' Dima Licasi con la cesta degli attrezzi dietro le spalle.

Era un vecchio sbilenco, dalle giunture storpie e nodose, come un ceppo antico di olivo saraceno. Per cavargli una parola di bocca ci voleva l'uncino. Mutria o tristezza radicate in quel suo corpo deforme; o anche sconfidenza che nessuno potesse capire e apprezzare giustamente il suo merito d'inventore non ancora patentato. Voleva che parlassero i fatti, Zi' Dima Licasi. Doveva poi guardarsi davanti e dietro, perché non gli rubassero il segreto.

«Fatemi vedere codesto mastice» gli disse per prima cosa Don Lollò, dopo averlo squadrato a lungo con diffidenza.

Zi' Dima negò col capo, pieno di dignità.

«All'opera si vede.»

«Ma verrà bene?»

Zi' Dima posò a terra la cesta; ne cavò un grosso fazzoletto di cotone rosso, logoro e tutto avvoltolato; prese a svolgerlo pian piano, tra l'attenzione e la curiosità di tutti, e quando alla fine venne fuori un paio d'occhiali col sellino e le stanghette rotte e legate con lo spago, lui sospirò e gli altri risero. Zi' Dima non se ne curò; si pulì le dita prima di pigliare gli occhiali; se li inforcò; poi si mise a esaminare con molta gravità la giara tratta sull'aia. Disse:

«Verrà bene».

«Col mastice solo però» mise per patto lo Zirafa «non mi fido. Ci voglio anche i punti».

«Me ne vado» rispose senz'altro Zi' Dima, rizzandosi e rimettendosi la cesta dietro le spalle.

Don Lollò lo acchiappò per un braccio.

«Dove? Messere e porco, così trattate? Ma guarda un po' che arie da Carlomagno! Scannato miserabile e pezzo d'asino, ci devo metter olio, io, là dentro, e l'olio trasuda! Un miglio di spaccatura, col mastice solo? Ci voglio i punti. Mastice e punti. Comando io.»

Zi' Dima chiuse gli occhi, strinse le labbra e scosse

il capo. Tutti così! Gli era negato il piacere di fare un lavoro pulito, filato coscienziosamente a regola d'arte, e di dare una prova della virtù del suo mastice.

«Se la giara» disse «non suona di nuovo come una campana...»

«Non sento niente» lo interruppe Don Lollò.

«I punti! Pago mastice e punti. Quanto vi debbo dare?»

«Se col mastice solo...»

«Càzzica che testa!» esclamò lo Zirafa. «Come parlo? V'ho detto che ci voglio i punti. C'intenderemo a lavoro finito: non ho tempo da perdere con voi.»

E se ne andò a badare ai suoi uomini.

Zi' Dima si mise all'opera gonfio d'ira e di dispetto. E l'ira e il dispetto gli crebbero ad ogni foro che praticava col trapano nella giara e nel lembo spaccato per farvi passare il fil di ferro della cucitura. Accompagnava il frullo della saettella con grugniti a mano a mano più frequenti e più forti; e il viso gli diventava più verde dalla bile e gli occhi più aguzzi e accesi di stizza. Finita quella prima operazione, scagliò con rabbia il trapano nella cesta; applicò il lembo staccato alla giara per provare se i fori erano a egual distanza e in corrispondenza tra loro, poi con le tenaglie fece del fil di ferro tanti pezzetti quanti erano i punti che doveva dare, e chiamò per aiuto uno dei contadini che abbacchiavano.

«Coraggio, Zi' Dima!» gli disse quello, vedendogli la faccia alterata.

Zi' Dima alzò la mano a un gesto rabbioso. Aprì la scatola di latta che conteneva il mastice, e lo levò al cielo, scotendolo, come per offrirlo a Dio, visto che gli uomini non volevano riconoscerne le virtù:

poi col dito cominciò a spalmarlo tutt'in giro al lembo staccato e lungo la spaccatura; prese le tenaglie e i pezzetti di fil di ferro preparati avanti, e si cacciò dentro la pancia aperta della giara, ordinando al contadino di applicare il lembo alla giara, così come aveva fatto lui poc'anzi. Prima di cominciare a dare i punti:

«Tira!» disse dall'interno della giara al contadino. «Tira con tutta la tua forza! Vedi se si stacca più? Malanno a chi non ci crede! Picchia, picchia! Suona, sì o no, come una campana anche con me qua dentro? Va', va' a dirlo al tuo padrone!»

«Chi è sopra comanda, Zi' Dima,» sospirò il contadino «e chi è sotto si danna! Date i punti, date i punti.»

E Zi' Dima si mise a far passare ogni pezzetto di fil di ferro attraverso i due fori accanto, l'uno di qua e l'altro di là della saldatura; e con le tenaglie ne attorceva i due capi. Ci volle un'ora a passarli tutti. I sudori, giù a fontana, dentro la giara. Lavorando, si lagnava della sua mala sorte. E il contadino, di fuori, a confortarlo.

«Ora aiutami a uscirne» disse alla fine Zi' Dima.

Ma quanto larga di pancia, tanto quella giara era stretta di collo. Zi' Dima, nella rabbia, non ci aveva fatto caso. Ora, prova e riprova, non trovava più il modo di uscirne. E il contadino invece di dargli aiuto, eccolo là, si torceva dalle risa. Imprigionato, imprigionato lì, nella giara da lui stesso sanata e che ora non c'era via di mezzo per farlo uscire, doveva essere rotta daccapo e per sempre.

Alle risa, alle grida, sopravvenne Don Lollò. Zi' Dima, dentro la giara, era come un gatto inferocito.

«Fatemi uscire!» urlava. «Corpo di Dio, voglio uscire! Subito! Datemi aiuto!»

Don Lollò rimase dapprima come stordito. Non sapeva crederci.

«Ma come? Là dentro? S'è cucito là dentro?»

S'accostò alla giara e gridò al vecchio:

«Aiuto? E che aiuto posso darvi io? Vecchiaccio stolido, ma come? Non dovevate prender prima le misure? Su, provate: fuori un braccio... così! E la testa... su... no, piano! Che! Giù... aspettate! Così no! Giù, giù... Ma come avete fatto? E la giara, adesso? Calma! Calma! Calma!» si mise a raccomandare tutt'intorno, come se la calma stessero per perderla gli altri e non lui. «Mi fuma la testa! Calma! Questo è caso nuovo... La mula!»

Picchiò con le nocche delle dita su la giara. Sonava davvero come una campana.

«Bella! Rimessa a nuovo... Aspettate!» disse al prigioniero. «Va' a sellarmi la mula!» ordinò al contadino; e, grattandosi con tutte le dita la fronte, seguitò a dire tra sé: «Ma vedete un po' che mi capita! Questa non è giara! Quest'è ordigno del diavolo! Fermo! Fermo lì!»

E accorse a regger la giara, in cui Zi' Dima, furibondo, si dibatteva come una bestia in trappola.

«Caso nuovo, caro mio, che deve risolvere l'avvocato! Io non mi fido. La mula! La mula! Vado e torno, abbiate pazienza! Nell'interesse vostro... Intanto, piano! Calma! Io mi guardo i miei. E prima di tutto, per salvare il mio diritto, faccio il mio dovere. Ecco: vi pago il lavoro, vi pago la giornata. Cinque lire. Vi bastano?»

«Non voglio nulla!» gridò Zi' Dima. «Voglio uscire.»

«Uscirete. Ma io, intanto, vi pago. Qua, cinque lire.»

Le cavò dal taschino del panciotto e le buttò nella giara. Poi domandò, premuroso:

«Avete fatto colazione? Pane e companatico, subito! Non ne volete? Buttatelo ai cani! A me basta che ve l'abbia dato.»

Ordinò che gli si desse; montò in sella, e via di galoppo per la città. Chi lo vide, credette che andasse a chiudersi da sé in manicomio, tanto e in così strano modo gesticolava.

Per fortuna, non gli toccò di fare anticamera nello studio dell'avvocato; ma gli toccò d'attendere un bel po', prima che questo finisse di ridere, quando gli ebbe esposto il caso. Delle risa si stizzì.

«Che c'è da ridere, scusi? A vossignoria non brucia! La giara è mia!»

Ma quello seguitava a ridere e voleva che gli rinarrasse il caso com'era stato, per farci su altre risate: «Dentro, eh? S'era cucito dentro? E lui, Don Lollò che pretendeva? Te... tene... tenerlo là dentro... ah ah ah... ohi ohi ohi... tenerlo là dentro per non perderci la giara?»

«Ce la devo perdere?» domandò lo Zirafa con le pugna serrate. «Il danno e lo scorno?»

«Ma sapete come si chiama questo?» gli disse infine l'avvocato. «Si chiama sequestro di persona!»

«Sequestro? E chi l'ha sequestrato?» esclamò lo Zirafa. «Si è sequestrato lui da sé! Che colpa ne ho io?»

L'avvocato allora gli spiegò che erano due casi. Da un canto, lui, Don Lollò, doveva subito liberare il prigioniero per non rispondere di sequestro di persona; dall'altro il conciabrocche doveva rispondere del danno che veniva a cagionare con la sua imperizia o con la sua storditaggine.

«Ah!» rifiatò lo Zirafa. «Pagandomi la giara!»

«Piano!» osservò l'avvocato. «Non come se fosse nuova, badiamo!»

«E perché?»

«Ma perché era rotta, oh bella!»

«Rotta? Nossignore. Ora è sana. Meglio che sana, lo dice lui stesso! E se ora torno a romperla, non potrò più farla risanare. Giara perduta, signor avvocato!»

L'avvocato gli assicurò che se ne sarebbe tenuto conto, facendogliela pagare per quanto valeva nello stato in cui era adesso.

«Anzi» gli consigliò «fatela stimare avanti da lui stesso.»

«Bacio le mani» disse Don Lollò, andando via di corsa.

Di ritorno, verso sera, trovò tutti i contadini in festa attorno alla giara abitata. Partecipava alla festa anche il cane di guardia, saltando e abbaiando. Zi' Dima s'era calmato, non solo, ma aveva preso gusto anche lui alla sua bizzarra avventura e ne rideva con la gaiezza mala dei tristi.

Lo Zirafa scostò tutti e si sporse a guardare dentro la giara.

«Ah! Ci stai bene?»

«Benone. Al fresco» rispose quello. «Meglio che a casa mia.»

«Piacere. Intanto ti avverto che questa giara mi costò quattr'onze nuova. Quanto credi che possa costare adesso?»

«Con me qua dentro?» domandò Zi' Dima.

I villani risero.

«Silenzio!» gridò lo Zirafa. «Delle due l'una: o il tuo mastice serve a qualche cosa, o non serve a nulla: se non serve a nulla tu sei un imbroglione; se serve a qualche cosa, la giara, così com'è, deve avere il suo prezzo. Che prezzo? Stimala tu.»

Zi' Dima rimase un pezzo a riflettere, poi disse:

«Rispondo. Se lei me l'avesse fatta conciare col mastice solo, com'io volevo, io, prima di tutto, non mi troverei qua dentro, e la giara avrebbe su per giù lo stesso prezzo di prima. Così conciata con questi puntacci, che ho dovuto darle per forza di qua dentro, che prezzo potrà avere? Un terzo di quanto valeva, sì e no.»

«Un terzo?» domandò lo Zirafa. «Un'onza e trentatré?»

«Meno sì, più no.»

«Ebbene» disse Don Lollò. «Passi la tua parola, e dammi un'onza e trentatré.»

«Che?» fece Zi' Dima, come se non avesse inteso.

«Rompo la giara per farti uscire» rispose Don Lollò «e tu, dice l'avvocato, me la paghi per quanto l'hai stimata: un'onza e trentatré.»

«Io pagare?» sghignazzò Zi' Dima. «Vossignoria scherza! Qua dentro ci faccio i vermi.»

E, tratta di tasca con qualche stento la pipetta intartarita, l'accese e si mise a fumare, cacciando il fumo per il collo della giara.

Don Lollò ci restò brutto. Quest'altro caso, che Zi' Dima ora non volesse più uscire dalla giara, né lui né l'avvocato l'avevano previsto. E come si risolveva adesso? Fu lì lì per ordinare di nuovo: «La mula», ma pensò che era già sera.

«Ah, sì» disse. «Tu vuoi domiciliare nella mia giara? Testimonii tutti qua! Non vuole uscirne lui, per non pagarla; io sono pronto a romperla! Intanto, poiché vuole stare lì, domani io lo cito per alloggio abusivo e perché mi impedisce l'uso della giara.»

Zi' Dima cacciò prima fuori un'altra boccata di fumo, poi rispose placido:

«Nossignore. Non voglio impedirle niente, io. Sto forse qua per piacere? Mi faccia uscire, e me ne vado volentieri. Pagare... neanche per ischerzo, vossignoria!»

Don Lollò, in un impeto di rabbia, alzò un piede per avventare un calcio alla giara; ma si trattenne; la abbrancò invece con ambo le mani e la scrollò tutta, fremendo.

«Vede che mastice?» gli disse Zi' Dima.

«Pezzo da galera!» ruggì allora lo Zirafa. «Chi l'ha fatto il male, io o tu? E devo pagarlo io? Muori di fame là dentro! Vediamo chi la vince!»

E se ne andò, non pensando alle cinque lire che gli aveva buttate la mattina dentro la giara. Con esse, per cominciare, Zi' Dima pensò di far festa quella sera coi contadini che, avendo fatto tardi per quello strano accidente, rimanevano a passare la notte in campagna, all'aperto, su l'aia. Uno andò a far le spese in una taverna lì presso. A farlo apposta, c'era una luna che pareva fosse raggiornato.

A una cert'ora Don Lollò, andato a dormire, fu svegliato da un baccano d'inferno. S'affacciò a un balcone della cascina, e vide su l'aia, sotto la luna, tanti diavoli; i contadini ubriachi che, presisi per mano, ballavano attorno alla giara. Zi' Dima, là dentro, cantava a squarciagola.

Questa volta non poté più reggere, Don Lollò: si precipitò come un toro infuriato e, prima che quelli avessero tempo di pararlo, con uno spintone mandò a rotolare la giara giù per la costa. Rotolando, accompagnata dalle risa degli ubriachi, la giara andò a spaccarsi contro un olivo.

E la vinse Zi' Dima.

PENSACI, GIACOMINO!

Da tre giorni il professore Agostino Toti non ha in casa quella pace, quel riso, a cui crede ormai di aver diritto.

Ha circa settant'anni, e dir che sia un bel vecchio, non si potrebbe neanche dire: piccoletto, con la testa grossa, calva, senza collo, il torso sproporzionato su due gambettine da uccello... sì, sì: il professor Toti lo sa bene, e non si fa la minima illusione, perciò, che Maddalena, la bella mogliettina, che non ha ancora ventisei anni, lo possa amare per se stesso.

È vero che egli se l'è presa povera e l'ha innalzata: figliuola del bidello del liceo, è diventata moglie d'un professore ordinario di scienze naturali, tra pochi mesi con diritto al massimo della pensione; non solo, ma ricco anche da due anni per una fortuna impensata, per una vera manna dal cielo: una eredità di quasi duecentomila lire, da parte d'un fratello spatriato da tanto tempo in Rumenia e morto celibe colà.

Non per tutto questo però il professor Toti crede d'aver diritto alla pace e al riso. Egli è filosofo: sa che tutto questo non può bastare a una moglie giovine e bella.

Se l'eredità fosse venuta prima del matrimonio,

egli magari avrebbe potuto pretendere da Maddalenina un po' di pazienza, che aspettasse cioè la morte di lui non lontana per rifarsi del sacrifizio d'aver sposato un vecchio. Ma son venute troppo tardi, ahimé! quelle duecentomila lire, due anni dopo il matrimonio, quando già... quando già il professor Toti filosoficamente aveva riconosciuto, che non poteva bastare a compensare il sacrifizio della moglie la sola pensioncina ch'egli le avrebbe un giorno lasciata.

Avendo già concesso tutto prima, il professor Toti crede d'aver più che mai ragione di pretendere la pace e il riso ora, con l'aggiunta di quell'eredità vistosa. Tanto più, poi, in quanto egli – uomo saggio veramente e dabbene – non si è contentato di beneficiar la moglie, ma ha voluto anche beneficiare... sì, lui, il suo buon Giacomino, già tra i più valenti alunni suoi al liceo, giovane timido, onesto, garbatissimo, biondo, bello e ricciuto come un angelo.

Ma sì, ma sì – ha fatto tutto, ha pensato a tutto il vecchio professore Agostino Toti. Giacomino Delisi era sfaccendato, e l'ozio lo addolorava e lo avviliva; ebbene, lui, il professor Toti, gli ha trovato posto nella Banca Agricola, dove ha collocato le duecentomila lire dell'eredità.

C'è anche un bambino, ora, per casa, un angioletto di due anni e mezzo, a cui egli si è dedicato tutto, come uno schiavo innamorato. Ogni giorno, non gli par l'ora che finiscano le lezioni al liceo per correre a casa, a soddisfare tutti i capriccetti del suo piccolo tiranno. Veramente, dopo l'eredità, egli avrebbe potuto mettersi a riposo, rinunziando a quel massimo della pensione, per consacrare tutto il suo tempo al bambino. Ma no! Sarebbe stato un peccato! Dacché c'è, egli vuol portare fino all'ultimo quella sua croce, che gli è stata sempre tanto gravosa! Se ha preso moglie proprio per questo, proprio perché recasse un beneficio a qualcuno ciò che per lui è stato un tormento tutta la vita!

Sposando con quest'unico intento, di beneficare una povera giovine, egli ha amato la moglie quasi paternamente soltanto. E più che mai paternamente s'è messo ad amarla, da che è nato quel bambino, da cui quasi quasi gli piacerebbe più d'esser chiamato nonno, che papà. Questa bugia incosciente sui puri labbruzzi del bambino ignaro gli fa pena; gli pare che anche il suo amore per lui ne resti offeso. Ma come si fa? Bisogna pure che si prenda con un bacio quell'appellativo dalla boccuccia di Ninì, quel «papà» che fa ridere tutti i maligni, i quali non sanno capire la tenerezza sua per quell'innocente, la sua felicità per il bene che ha fatto e che seguita a fare a una donna, a un buon giovinotto, al piccino, e anche a sé, sicuro! Anche a sé la felicità di vivere quegli ultimi anni in lieta e dolce compagnia, camminando per la fossa così, con un angioletto per mano.

Ridano, ridano pure di lui tutti i maligni! Che risate facili! Che risate sciocche! Perché non capiscono... Perché non si mettono al suo posto... Avvertono soltanto il comico, anzi il grottesco, della sua situazione, senza saper penetrare nel suo sentimento!... Ebbene, che glie n'importa? Egli è felice.

Se non che, da tre giorni...

Che sarà accaduto? La moglie ha gli occhi gonfii e rossi di pianto; accusa un forte mal di capo; non vuole uscir di camera.

«Eh, gioventù!... gioventù!...» sospira il professor Toti, scrollando il capo con un risolino mesto e arguto negli occhi e sulle labbra. «Qualche nuvola... qualche temporaletto...»

E con Ninì s'aggira per casa, afflitto, inquieto, anche un po' irritato, perché... via, proprio non si merita questo, lui, dalla moglie e da Giacomino. I giovani non contano i giorni: ne hanno tanti ancora innanzi a sé... ma per un povero vecchio è grave perdita un giorno! E sono ormai tre, che la moglie lo lascia così per casa, come una mosca senza capo, e non lo delizia più con quelle ariette e canzoncine cantate con la vocetta limpida e fervida, e non gli prodiga più quelle cure, a cui egli è ormai avvezzo.

Anche Ninì è serio serio, come se capisca che la mamma non ha testa da badare a lui. Il professore se lo conduce da una stanza all'altra, e quasi non ha bisogno di chinarsi per dargli la mano, tant'è piccolino anche lui; lo porta innanzi al pianoforte, tocca qua e là qualche tasto, sbuffa, sbadiglia, poi siede, fa galoppare un po' Ninì su le ginocchia, poi torna ad alzarsi: si sente tra le spine. Cinque o sei volte ha tentato di forzar la mogliettina a parlare.

«Male, eh? Ti senti proprio male?»

Maddalenina seguita a non volergli dir nulla: piange; lo prega di accostar gli scuri del balcone e di portarsi Ninì di là: vuole star sola e al buio.

«Il capo, eh? Poverina, le fa tanto male il capo... eh, la lite dev'essere stata grossa davvero!»

Il professor Toti si reca in cucina e cerca d'abbordar la servetta, per avere qualche notizia da lei; ma fa larghi giri, perché sa che la servetta gli è nemica;

sparla di lui, fuori, come tutti gli altri, e lo mette in berlina, brutta scema! Non riesce a saper nulla neanche da lei.

E allora il professor Toti prende una risoluzione eroica: reca Ninì dalla mamma e la prega che glielo vesta per benino.

«Perché?» domanda ella.

«Lo porto a spassino» risponde lui. «Oggi è festa... Qua s'annoia, povero bimbo!»

La mamma non vorrebbe. Sa che la trista gente ride vedendo il vecchio professore col piccino per mano; sa che qualche malvagio insolente è arrivato finanche a dirgli: «Ma quanto gli somiglia, professore, il suo figliuolo!»

Il professor Toti però insiste.

«No, a spassino, a spassino...»

E si reca col bimbo in casa di Giacomino Delisi. Questi abita insieme con una sorella nubile, che gli ha fatto da madre. Ignorando la ragione del beneficio, la signorina Agata era prima molto grata al professor Toti; ora invece – religiosissima com'è – lo tiene in conto d'un diavolo, né più né meno, perché ha indotto il suo Giacomino in peccato mortale.

Il professor Toti deve aspettare un bel po', col piccino, dietro la porta, dopo aver sonato. La signorina Agata è venuta a guardar dalla spia ed è scappata. Senza dubbio, è andata ad avvertire il fratello della visita, e ora tornerà a dire che Giacomino non è in casa.

Eccola. Vestita di nero, cerea, con le occhiaie livide, stecchita, arcigna, appena aperta la porta, investe, tutta vibrante, il professore.

«Ma come... scusi... viene a cercarlo pure in casa

adesso?... e che vedo! Anche col bambino? Ha condotto anche il bambino?»

Il professor Toti non s'aspetta una simile accoglienza; resta intronato; guarda la signorina Agata, guarda il piccino, sorride, balbetta:

«Per... perché?... che è?... non posso... non... posso venire a...»

«Non c'è!» s'affretta a rispondere quella, asciutta e dura. «Giacomino non c'è.»

«Va bene» dice, chinando il capo, il professor Toti. «Ma lei, signorina... mi scusi... lei mi tratta in un modo che... non so! Io non credo d'aver fatto né a suo fratello, né a lei...»

«Ecco, professore» lo interrompe, un po' rabbonita, la signorina Agata. «Noi, creda pure, le siamo... le siamo riconoscentissimi; ma anche lei dovrebbe comprendere...»

Il professor Toti socchiude gli occhi, torna a sorridere, alza una mano e poi si tocca parecchie volte con la punta delle dita il petto, per significarle che, quanto a comprendere, lasci fare a lui.

«Sono vecchio, signorina» dice, «e comprendo... tante cose comprendo io! E guardi, prima di tutte, questa: che certe furie bisogna lasciarle svaporare, e che, quando nascono malintesi, la miglior cosa è chiarire... chiarire, signorina, chiarire francamente, senza sotterfugi, senza riscaldarsi... non le pare?»

«Certo, sì...» riconosce, almeno così in astratto, la signorina Agata.

«E dunque» riprende il professor Toti, «mi lasci entrare e mi chiami Giacomino.»

«Ma se non c'è!»

«Vede? No, non mi deve dire che non c'è. Giacomino è in casa, e lei me lo deve chiamare. Chiariremo tutto con calma... glielo dica: con calma! Io sono vecchio e comprendo tutto, perché sono stato anche giovane, signorina. Con calma, glielo dica. Mi lasci entrare.»

Introdotto nel modesto salotto, il professor Toti siede con Ninì tra le gambe, rassegnato ad aspettare anche qua un bel pezzo, che la sorella persuada Giacomino.

«No, qua Ninì... buono!» dice di tratto in tratto al bimbo, che vorrebbe andare a una mensoletta, dove luccicano certi gingilli di porcellana; e intanto si scapa a pensare che diamine può essere accaduto di così grave in casa sua, senza ch'egli se ne sia accorto per nulla. Maddalenina è così buona! Che male può ella aver fatto, da provocare un così aspro e forte risentimento, qua, anche nella sorella di Giacomino?

Il professor Toti, che ha creduto finora a una bizza passeggera, comincia a impensierirsi e a costernarsi sul serio.

Oh, ecco Giacomino finalmente! Dio, che viso alterato! Che aria rabbuffata! Eh come? Ah, questo no! Scansa freddamente il bambino che gli è corso incontro gridando con le manine tese:

«Giamì! Giamì!».

«Giacomino!» esclama, ferito, con severità, il professor Toti.

«Che ha da dirmi, professore?» s'affretta a domandargli quello, schivando di guardarlo negli occhi.

«Io sto male... ero a letto... non sono in grado di parlare e neanche di sostener la vista d'alcuno...»

«Ma il bambino?!»

«Ecco» dice Giacomino; e si china a baciare Ninì.

«Ti senti male?» riprende il professor Toti, un po' racconsolato da quel bacio. «Lo supponevo. E son venuto per questo. Il capo, eh? Siedi, siedi... discorriamo. Qua, Ninì... senti che "Giamì" ha la bua? Sì, caro, la bua... qua, povero "Giamì"... sta' bonino; ora andiamo via. Volevo domandarti» soggiunge, rivolgendosi a Giacomino «se il direttore della Banca Agricola ti ha detto qualche cosa.»

«No, perché?» fa Giacomino, turbandosi ancor più.

«Perché ieri gli ho parlato di te» risponde con un risolino misterioso il professor Toti. «Il tuo stipendio non è molto grasso, figliuol mio. E sai che una mia parolina...»

Giacomino si torce su la sedia, stringe le pugna fino ad affondarsi le unghie nel palmo delle mani.

«Professore, io la ringrazio» dice, «ma mi faccia il favore, la carità, di non incomodarsi più per me, ecco!»

«Ah sì?» risponde il professor Toti con quel risolino ancora su la bocca. «Bravo! Non abbiamo più bisogno di nessuno, eh? Ma se io volessi farlo per mio piacere? Caro mio, ma se non debbo più curarmi di te, di chi vuoi che mi curi io? Sono vecchio, Giacomino! E ai vecchi – badiamo, che non siano egoisti! – ai vecchi, che hanno tanto stentato, come me, a prendere uno stato, piace di vedere i giovani, come te meritevoli, farsi avanti nella vita per loro mezzo; e godono della loro allegria, delle loro speranze, del posto ch'essi prendono man mano nella società. Io poi per te... via, tu lo sai... ti considero come un figliuolo... che cos'è? Piangi?»

Giacomino ha nascosto infatti il volto tra le mani e sussulta come per un impeto di pianto che vorrebbe frenare.

Ninì lo guarda sbigottito, poi, rivolgendosi al professore, dice:

«Giamì, bua».

Il professore si alza e fa per posare una mano su la spalla di Giacomino; ma questi balza in piedi, quasi ne provi ribrezzo, mostra il viso scontraffatto come per una fiera risoluzione improvvisa, e gli grida esasperatamente:

«Non mi s'accosti! Professore, se ne vada, la scongiuro, se ne vada! Lei mi sta facendo soffrire una pena d'inferno! Io non merito codesto suo affetto e non lo voglio, non lo voglio... per carità, se ne vada, si porti via il bambino e si scordi che io esisto!»

Il professor Toti resta sbalordito; domanda:

«Ma perché?»

«Glielo dico subito!» risponde Giacomino. «Io sono fidanzato, professore! Ha capito? Sono fidanzato!»

Il professor Toti vacilla, come per una mazzata sul capo; alza le mani; balbetta:

«Tu? Fi... fidanzato?»

«Sissignore» dice Giacomino. «E dunque, basta... basta per sempre! Capirà che non posso più... vederla qui...»

«Mi cacci via?» domanda, quasi senza voce, il professor Toti.

«No!» s'affretta a rispondergli Giacomino, dolente. «Ma è bene che lei... che lei se ne vada, professore...»

Andarsene? Il professore casca a sedere su la

seggiola. Le gambe gli si sono come stroncate sotto. Si prende la testa tra le mani e geme:

«Oh Dio! Ah che rovina! Dunque per questo? Oh povero me! Oh povero me! Ma quando? Come? senza dirne nulla? Con chi ti sei fidanzato?».

«Qua, professore... da un pezzo...» dice Giacomino, «con una povera orfana, come me... amica di mia sorella...»

Il professor Toti lo guarda, inebetito, con gli occhi spenti, la bocca aperta, e non trova la voce per parlare.

«E... e... e si lascia tutto... così... e... e non si pensa più a... a nulla... non si... non si tien più conto di nulla...»

Giacomino si sente rinfacciare con queste parole l'ingratitudine, e si ribella, fosco:

«Ma scusi! Che mi voleva schiavo, lei?».

«Io, schiavo?» prorompe, ora, con uno schianto nella voce, il professor Toti. «Io? E lo puoi dire? Io che ti ho fatto padrone della mia casa? Ah, questa, questa sì che è vera ingratitudine! E che forse t'ho beneficato per me? Che ne ho avuto io, se non il dileggio di tutti gli sciocchi che non sanno capire il sentimento mio? Dunque non lo capisci, non lo hai capito neanche tu, il sentimento di questo povero vecchio, che sta per andarsene e che era tranquillo e contento di lasciar tutto a posto, una famigliuola bene avviata, in buone condizioni... felice? Io ho settant'anni; io domani me ne vado, Giacomino! Che ti sei levato di cervello, figliuolo mio! Io vi lascio tutto, qua... che vai cercando? Non so ancora, non voglio saper chi sia la tua fidanzata; se l'hai scelta tu, sarà magari un'onesta giovine, perché tu sei buono...; ma pensa che... pensa che... non è possibile che tu abbia trovato di meglio, Giacomino, sotto tutti i riguardi... non ti dico soltanto per l'agiatezza assicurata... ma tu hai già la tua famigliuola, in cui non ci sono che io solo di più, ancora per poco... io che non conto per nulla... che fastidio vi do io? Io sono come il padre... io posso anche, se volete... per la vostra pace... ma dimmi com'è stato? Che è accaduto? Come ti s'è voltata la testa, così tutt'a un tratto? Dimmelo! Dimmelo...»

E il professor Toti s'accosta a Giacomino e vuol prendergli un braccio e scuoterglielo; ma quegli si restringe tutto in sé, quasi rabbrividendo, e si schermisce.

«Professore!» grida. «Ma come non capisce, come non s'accorge che tutta codesta sua bontà...»

«Ebbene?»

«Mi lasci stare! Non mi faccia dire! Come non capisce che certe cose si possono far solo di nascosto, e non son più possibili alla luce, con lei che sa, con tutta la gente che ride?»

«Ah, per la gente?» esclama il professore. «E tu...»

«Mi lasci stare!» ripete Giacomino, al colmo dell'orgasmo, scotendo in aria le braccia. «Guardi! Ci sono tant'altri giovani che han bisogno d'aiuto, professore!»

Il Toti si sente ferire fin nell'anima da queste parole, che sono un'offesa atroce e ingiusta per sua moglie; impallidisce, allividisce, e tutto tremante dice:

«Maddalenina è giovine, ma è onesta, perdio! E tu lo sai! Maddalenina ne può morire... perché è qui, è qui, il suo male, nel cuore... dove credi che sia? È qui, è qui, ingrato! Ah, la insulti, per giunta? E non ti vergogni? E non ne senti rimorso di fronte a me? Puoi dirmi questo in faccia? Tu? Credi che ella possa passare, così, da uno all'altro, come niente? Madre di questo piccino? Ma che dici? Come puoi parlar così?»

Giacomino lo guarda trasecolato, allibito.

«Io?» dice. «Ma lei piuttosto, professore, scusi, lei, lei, come può parlare così? Ma dice sul serio?»

Il professor Toti si stringe ambo le mani su la bocca, strizza gli occhi, squassa il capo e rompe in un pianto disperato. Ninì anche lui, allora, si mette a piangere. Il professore lo sente, corre a lui, lo abbraccia.

«Ah, povero Ninì mio... ah che sciagura, Ninì mio, che rovina! E che sarà della tua mamma ora? E che sarà di te, Ninì mio, con una mammina come la tua, inesperta, senza guida... ah, che baratro!»

Solleva il capo, e, guardando tra le lagrime Giacomino:

«Piango» dice, «perché mio è il rimorso; io t'ho protetto, io t'ho accolto in casa, io le ho parlato sempre tanto bene di te, io... io le ho tolto ogni scrupolo d'amarti... e ora che ella ti amava sicura... madre di questo piccino... tu...»

S'interrompe e, fiero, risoluto, convulso:

«Bada, Giacomino!» dice. «Io son capace di presentarmi con questo piccino per mano in casa della tua fidanzata!»

Giacomino, che suda freddo, pur su la brace ardente, nel sentirlo parlare e piangere così, a questa minaccia giunge le mani, gli si fa innanzi e scongiura:

«Professore, professore, ma lei vuol dunque proprio coprirsi di ridicolo?»

«Di ridicolo?» grida il professore. «E che vuoi che me n'importi, quando vedo la rovina d'una povera donna, la rovina tua, la rovina d'una creatura innocente? Vieni, vieni, andiamo, su via, Ninì, andiamo!»

Giacomino gli si para davanti:

«Professore, lei non lo farà!».

«Io lo farò!» gli grida con viso fermo il professor Toti. «E per impedirti il matrimonio son anche capace di farti cacciare dalla Banca! Ti do tre giorni di tempo.»

E, voltandosi su la soglia, col piccino per mano:

«Pensaci, Giacomino! Pensaci!».

CIÀULA SCOPRE LA LUNA

I picconieri, quella sera, volevano smettere di lavorare senz'aver finito d'estrarre le tante casse di zolfo che bisognavano il giorno appresso a caricar la *calcara*. Cacciagallina, il soprastante, s'affierò contr'essi, con la rivoltella in pugno, davanti la buca della *Cace*, per impedire che ne uscissero.

«Corpo di... sangue di... indietro tutti, giù tutti di nuovo alle cave, a buttar sangue fino all'alba, o faccio fuoco!»

«Bum!» fece uno dal fondo della buca.

«Bum!» echeggiarono parecchi altri; e con risa e bestemmie e urli di scherno fecero impeto, e chi dando una gomitata, chi una spallata, passarono tutti, meno uno. Chi? Zi' Scarda, si sa, quel povero cieco d'un occhio, sul quale Cacciagallina poteva fare bene il gradasso. Gesù, che spavento! Gli si scagliò addosso, che neanche un leone; lo agguantò per il petto e, quasi avesse in pugno anche gli altri, gli urlò in faccia, scrollandolo furiosamente:

«Indietro tutti, vi dico, canaglia! Giù tutti alle cave, o faccio un macello!».

Zi' Scarda si lasciò scrollare pacificamente. Doveva pur prendersi uno sfogo, quel povero galantuomo, ed era naturale se lo prendesse su lui che, vecchio com'era, poteva offrirglielo senza ribellarsi. Del resto, aveva anche lui, a sua volta, sotto di sé qualcuno più debole, sul quale rifarsi più tardi: *Ciàula*, il suo *caruso*.

Quegli altri... eccoli là, s'allontanavano giù per la stradetta che conduceva a Comitini; ridevano e gridavano:

«Ecco, sì! Tienti forte codesto, Cacciagallì! Te lo riempirà lui il calcherone per domani!».

«Gioventù!» sospirò con uno squallido sorriso d'indulgenza zi' Scarda a Cacciagallina.

E, ancora agguantato per il petto, piegò la testa da un lato, stiracchiò verso il lato opposto il labbro inferiore, e rimase così per un pezzo, come in attesa.

Era una smorfia a Cacciagallina? O si burlava della gioventù di quei compagni là?

Veramente, tra gli aspetti di quei luoghi, strideva quella loro allegria, quella velleità di baldanza giovanile. Nelle dure facce quasi spente dal buio crudo delle cave sotterranee, nel corpo sfiancato dalla fatica quotidiana, nelle vesti strappate, avevano il livido squallore di quelle terre senza un filo d'erba, sforacchiate dalle zolfare, come da tanti enormi formicai.

Ma no: zi' Scarda, fisso in quel suo strano atteggiamento, non si burlava di loro, né faceva una smorfia a Cacciagallina. Quello era il versaccio solito, con cui, non senza stento, si deduceva pian piano in bocca la grossa lagrima, che di tratto in tratto gli colava dall'altro occhio, da quello buono.

Aveva preso gusto a quel saporino di sale, e non se ne lasciava scappar via neppur una.

Poco: una goccia, di tanto in tanto; ma buttato dalla mattina alla sera laggiù, duecento e più metri sottoterra, col piccone in mano, a ogni colpo gli strappava come un ruglio di rabbia dal petto, zi' Scarda aveva sempre la bocca arsa e quella lagrima, per la sua bocca, era quel che per il naso sarebbe stato un pizzico di rapè.

Un gusto e un riposo.

Quando si sentiva l'occhio pieno, posava per un poco il piccone e, guardando la rossa fiammella fumosa, della lanterna confitta nella roccia, che allucciava nella tenebra dell'antro infernale qualche scaglietta di zolfo qua e là, o l'acciaio del paolo o della piccozza, piegava la testa da un lato, stiracchiava il labbro inferiore e stava ad aspettar che la lagrima gli colasse giù, lenta, per il solco scavato dalle precedenti.

Gli altri, chi il vizio del fumo, chi quello del vino; lui aveva il vizio della sua lagrima.

Era del sacco lacrimale malato e non di pianto, quella lagrima; ma si era bevute anche quelle di pianto, zi' Scarda, quando, quattr'anni addietro, gli era morto l'unico figliolo, per lo scoppio d'una mina, lasciandogli sette orfanelli e la nuora da mantenere. Tuttora gliene veniva giù qualcuna più salata delle altre; ed egli la riconosceva subito: scoteva il capo, allora, e mormorava un nome:

«Calicchio...?»

In considerazione di Calicchio morto, e anche dell'occhio perduto per lo scoppio della stessa mina, lo tenevano ancora lì a lavorare. Lavorava più e meglio di un giovane; ma ogni sabato sera, la paga gli era data, e per dir la verità lui stesso se la prendeva, come una carità che gli facessero: tanto che, intascandola, diceva sottovoce, quasi con vergogna: «Dio gliene renda merito».

Perché, di regola, doveva presumersi che uno della sua età non poteva più lavorar bene.

Quando Cacciagallina alla fine lo lasciò per correre dietro agli altri e indurre con le buone maniere qualcuno a far nottata, zi' Scarda lo pregò di mandare almeno a casa uno di quelli che ritornavano al paese, ad avvertire che egli rimaneva alla zolfara e che perciò non lo aspettassero e non stessero in pensiero per lui; poi si volse attorno a chiamare il suo *caruso*, che aveva più di trent'anni (e poteva averne anche sette o settanta, scemo com'era); e lo chiamò col verso con cui si chiamava le cornacchie ammaestrate:

«*Te', pa'! te', pa'!*».

Ciàula stava a rivestirsi per ritornare al paese.

Rivestirsi per Ciàula significava togliersi prima di tutto la camicia, o quella che un tempo era stata forse una camicia: l'unico indumento che, per modo di dire, lo coprisse durante il lavoro. Toltasi la camicia, indossava sul torace nudo, in cui si potevano contare a una a una tutte le costole, un panciotto bello largo e lungo, avuto in elemosina, che doveva essere stato un tempo elegantissimo e sopraffino (ora il luridume vi aveva fatto una tal roccia, che a posarlo per terra stava ritto). Con somma cura Ciàula ne affibbiava i sei bottoni, tre dei quali ciondolavano, e poi se lo mirava addosso, passandoci sopra le mani, perché veramente ancora lo stimava superiore a' suoi meriti: una galanteria. Le gambe nude, misere e sbilenche, durante quell'ammirazione, gli si accapponavano, illividite dal freddo. Se qualcuno dei compagni gli dava uno spintone e gli allungava un calcio, gridandogli: «Quanto sei bello!» egli apriva fino alle orecchie ad ansa la bocca sdentata a un riso di soddisfazione, poi infilava i calzoni, che avevano più d'una finestra aperta sulle natiche e sui ginocchi: s'avvolgeva in un cappottello d'albagio tutto rappezzato, e, scalzo, imitando meravigliosamente a ogni passo il verso della cornacchia – *cràh! cràh!* – (per cui lo avevano soprannominato Ciàula), s'avviava al paese.

«*Cràh! Cràh!*» rispose anche quella sera al richiamo del suo padrone; e gli si presentò tutto nudo, con la sola galanteria di quel panciotto debitamente abbottonato.

«Va', va' a rispogliarti» gli disse zi' Scarda. «Rimettiti il sacco e la camicia. Oggi per noi il Signore fa notte.»

Ciàula non fiatò; restò un pezzo a guardarlo a bocca aperta, con occhi da ebete; poi si poggiò le mani sulle reni e, raggrinzando in su il naso, per lo spasimo, si stirò e disse:

«*Gna bonu!* (Va bene)».

E andò a levarsi il panciotto.

Se non fosse stato per la stanchezza e per il bisogno del sonno, lavorare anche di notte non sarebbe stato niente, perché laggiù, tanto, era sempre notte lo stesso. Ma questo, per zi' Scarda.

Per Ciàula, no. Ciàula, con la lumierina a olio nella rimboccatura del sacco su la fronte, e schiacciata la nuca sotto il carico, andava su e giù per la lubrica scala sotterranea, erta, a scalini rotti, e su, su, affievolendo a mano a mano, con fiato mozzo, quel suo crocchiare a ogni scalino, quasi un gemito di strozzato, rivedeva a ogni salita la luce del sole. Dapprima ne rimaneva abbagliato; poi col respiro che traeva nel liberarsi del carico, gli aspetti noti delle cose circostanti gli balzavano davanti; restava, ancora ansimante, a guardarli un poco e, senza che n'avesse chiara coscienza, se ne sentiva confortare.

Cosa strana; della tenebra fangosa delle profonde caverne, ove dietro ogni svolto stava in agguato la morte, Ciàula non aveva paura, né paura delle ombre mostruose, che qualche lanterna suscitava a sbalzi lungo le gallerie, né del subito guizzare di qualche riflesso rossastro qua e là in una pozza, in uno stagno d'acqua sulfurea: sapeva sempre dov'era; toccava con la mano in cerca di sostegno le viscere della montagna: e ci stava cieco e sicuro come dentro il suo alvo materno.

Aveva paura, invece, del buio vano della notte.

Conosceva quello del giorno, laggiù, intramezzato da sospiri di luce, di là dall'imbuto della scala, per cui saliva tante volte al giorno, con quel suo specioso arrangolio di cornacchia strozzata. Ma il buio della notte non lo conosceva.

Ogni sera, terminato il lavoro, ritornava al paese con zi' Scarda; e là, appena finito d'ingozzare i resti della minestra, si buttava a dormire sul saccone di paglia per terra, come un cane; e invano i ragazzi, quei sette nipoti orfani del suo padrone, lo pestavano per tenerlo desto e ridere della sua sciocchezza; cadeva subito in un sonno di piombo, dal quale, ogni mattina, alla punta dell'alba, soleva riscuoterlo un noto piede.

La paura che egli aveva del buio della notte gli proveniva da quella volta che il figlio di zi' Scarda, già suo padrone, aveva avuto il ventre e il petto squarciato dallo scoppio della mina, e zi' Scarda stesso era stato preso in un occhio.

Giù nei varii posti a zolfo, si stava per levar mano, essendo già sera, quando s'era sentito il rimbombo tremendo di quella mina scoppiata. Tutti i picconieri e i carusi erano accorsi sul luogo dello scoppio; egli solo, Ciàula, atterrito, era scappato a ripararsi in un antro noto soltanto a lui.

Nella furia di cacciarsi là, gli s'era infranta contro la roccia la lumierina di terracotta, e quando alla fine, dopo un tempo che non aveva potuto calcolare, era uscito dall'antro nel silenzio delle caverne tenebrose e deserte, aveva stentato a trovare a tentoni la galleria che lo conducesse alla scala; ma pure non aveva avuto paura. La paura lo aveva assalito, invece, nell'uscir dalla buca nella notte nera, vana.

S'era messo a tremare, sperduto, con un brivido per ogni vago alito indistinto nel silenzio arcano che riempiva la sterminata vacuità, ove un brulichio infinito di stelle fitte, piccolissime, non riusciva a diffondere alcuna luce.

Il buio, ove doveva essere lume, la solitudine delle cose che restavan lì con un loro aspetto cangiato e quasi irriconoscibile, quando più nessuno le vedeva, gli avevano messo in tale subbuglio l'anima smarrita, che Ciàula s'era all'improvviso lanciato in una corsa pazza, come se qualcuno lo avesse inseguito.

Ora, ritornato giù nella buca con zi' Scarda, mentre stava ad aspettare che il carico fosse pronto, egli sentiva a mano a mano crescersi lo sgomento per quel buio che avrebbe trovato, sbucando dalla zolfara. E più per quello, che per questo delle gallerie e della scala, rigovernava attentamente la lumierina di terracotta.

Giungevano da lontano gli stridori e i tonfi cadenzati della pompa, che non posava mai, né giorno né notte. E nella cadenza di quegli stridori e di quei tonfi s'intercalava il ruglio sordo di zi' Scarda, come se il vecchio si facesse aiutare a muovere le braccia dalla forza della macchina lontana.

Alla fine il carico fu pronto, e zi' Scarda aiutò Ciàula a disporlo e rammontarlo sul sacco attorto dietro la nuca.

A mano a mano che zi' Scarda caricava, Ciàula sentiva piegarsi, sotto, le gambe. Una, a un certo punto, prese a tremargli convulsamente così forte che, temendo di non più reggere al peso, con quel tremitìo, Ciàula gridò:

«Basta! basta!».

«Che basta, carogna!» gli rispose zi' Scarda.

E seguitò a caricare.

Per un momento la paura del buio della notte fu vinta dalla costernazione che, così caricato, e con la stanchezza che si sentiva addosso, forse non avrebbe potuto arrampicarsi fin lassù. Aveva lavorato senza pietà tutto il giorno. Non aveva mai pensato Ciàula che si potesse aver pietà del suo corpo, e non ci pensava neppur ora; ma sentiva che, proprio, non ne poteva più.

Si mosse sotto il carico enorme, che richiedeva anche uno sforzo d'equilibrio. Sì, ecco, sì, poteva muoversi, almeno finché andava in piano. Ma come sollevar quel peso, quando sarebbe cominciata la salita?

Per fortuna, quando la salita cominciò, Ciàula fu ripreso dalla paura del buio della notte, a cui tra poco si sarebbe affacciato.

Attraversando le gallerie, quella sera, non gli era venuto il solito verso della cornacchia, ma un gemito raschiato, protratto. Ora, sù per la scala, anche questo gemito gli venne meno, arrestato dallo sgomento del silenzio nero che avrebbe trovato nella impalpabile vacuità di fuori.

La scala era così erta, che Ciàula, con la testa protesa e schiacciata sotto il carico, pervenuto all'ultima svoltata, per quanto spingesse gli occhi a guardare in su, non poteva veder la buca che vaneggiava in alto.

Curvo, quasi toccando con la fronte lo scalino che gli stava di sopra, e su la cui lubricità la lumierina vacillante rifletteva appena un fioco lume sanguigno, egli veniva su, su, su, dal ventre della montagna, senza piacere, anzi pauroso della prossima liberazione. E non vedeva ancora la buca, che lassù lassù si apriva come un occhio chiaro, d'una deliziosa chiarità d'argento.

Se ne accorse solo quando fu agli ultimi scalini. Dapprima, quantunque gli paresse strano, pensò che fossero gli estremi barlumi del giorno. Ma la chiarìa cresceva, cresceva sempre più, come se il sole, che egli aveva pur visto tramontare, fosse rispuntato.

«Possibile?»

Restò – appena sbucato all'aperto – sbalordito. Il

carico gli cadde dalle spalle. Sollevò un poco le braccia; aprì le mani nere in quella chiarità d'argento.

Grande, placida, come in un fresco luminoso oceano di silenzio, gli stava di faccia la Luna.

Sì, egli sapeva, sapeva che cos'era; ma come tante cose si sanno, a cui non si è dato mai importanza. E che poteva importare a Ciàula, che in cielo ci fosse la Luna?

Ora, ora soltanto, così sbucato, di notte, dal ventre della terra, egli la scopriva.

Estatico, cadde a sedere sul suo carico, davanti alla buca. Eccola, eccola là, eccola là, la Luna... C'era la Luna! la Luna!

E Ciàula si mise a piangere, senza saperlo, senza volerlo, dal gran conforto, dalla grande dolcezza che sentiva, nell'averla scoperta, là, mentr'ella saliva pel cielo, la Luna, col suo ampio velo di luce, ignara dei monti, dei piani, delle valli che rischiarava, ignara di lui, che pure per lei non aveva più paura, né si sentiva più stanco, nella notte ora piena del suo stupore.

Con quale inflessione di voce e quale atteggiamento d'occhi e di mani, curvandosi, come chi regge rassegnatamente su le spalle un peso insopportabile, il magro giudice D'Andrea soleva ripetere: «Ah, figlio caro!» a chiunque gli facesse qualche scherzosa osservazione per il suo strambo modo di vivere!

Non era ancor vecchio; poteva avere appena quarant'anni; ma cose stranissime e quasi inverosimili, mostruosi intrecci di razze, misteriosi travagli di secoli bisognava immaginare per giungere a una qualche approssimativa spiegazione di quel prodotto umano che si chiamava il giudice D'Andrea.

E pareva ch'egli, oltre che della sua povera, umile, comunissima storia familiare, avesse notizia certa di quei mostruosi intrecci di razze, donde al suo smunto sparuto viso di bianco eran potuti venire quei capelli crespi gremiti da negro; e fosse consapevole di quei misteriosi infiniti travagli di secoli, che su la vasta fronte protuberante gli avevano accumulato tutto quel groviglio di rughe e tolto quasi la vista ai piccoli occhi plumbei, e scontorto tutta la magra, misera personcina.

Così sbilenco, con una spalla più alta dell'altra, andava per via di traverso, come i cani. Nessuno però, moralmente, sapeva rigar più diritto di lui. Lo dicevano tutti.

Vedere, non aveva potuto vedere molte cose, il giudice D'Andrea; ma certo moltissime ne aveva pensate, e quando il pensare è più triste, cioè di notte.

Il giudice D'Andrea non poteva dormire.

Passava quasi tutte le notti alla finestra a spazzolarsi una mano a quei duri gremiti suoi capelli da negro, con gli occhi alle stelle, placide e chiare le une come polle di luce, guizzanti e pungenti le altre; e metteva le più vive in rapporti ideali di figure geometriche, di triangoli e di quadrati, e, socchiudendo le palpebre dietro le lenti, pigliava tra i peli delle ciglia la luce d'una di quelle stelle, e tra l'occhio e la stella stabiliva il legame d'un sottilissimo filo luminoso, e vi avviava l'anima a passeggiare come un ragnetto smarrito.

Il pensare così di notte non conferisce molto alla salute. L'arcana solennità che acquistano i pensieri produce quasi sempre, specie a certuni che hanno in sé una certezza su la quale non possono riposare, la certezza di non poter nulla sapere e nulla credere non sapendo, qualche seria costipazione. Costipazione d'anima, s'intende. E al giudice D'Andrea, quando si faceva giorno, pareva una cosa buffa e atroce nello stesso tempo, ch'egli dovesse recarsi al suo ufficio d'Istruzione ad amministrare – per quel tanto che a lui toccava – la giustizia ai piccoli poveri uomini feroci.

Come non dormiva lui, così sul suo tavolino nell'ufficio d'Istruzione non lasciava mai dormire nessun incartamento, anche a costo di ritardare di due o tre ore il desinare e di rinunziar la sera, prima di cena, alla solita passeggiata coi colleghi per il viale attorno alle mura del paese.

Questa puntualità, considerata da lui come dovere imprescindibile, gli accresceva terribilmente il supplizio. Non solo d'amministrare la giustizia gli toccava; ma d'amministrarla così, su due piedi.

Per poter essere meno frettolosamente puntuale, credeva d'aiutarsi meditando la notte. Ma, neanche a farlo apposta, la notte, spazzolando la mano a quei suoi capelli da negro e guardando le stelle, gli venivano tutti i pensieri contrarii a quelli che dovevano fare al caso per lui, data la sua qualità di giudice istruttore; così che, la mattina dopo, anziché aiutata, vedeva insidiata e ostacolata la sua puntualità da quei pensieri della notte e cresciuto enormemente lo stento di tenersi stretto a quell'odiosa sua qualità di giudice istruttore.

Eppure, per la prima volta, da circa una settimana, dormiva un incartamento sul tavolino del giudice D'Andrea. E per quel processo che stava lì da tanti giorni in attesa, egli era in preda a un'irritazione smaniosa, a una tetraggine soffocante.

Si sprofondava tanto in questa tetraggine, che gli occhi aggrottati, a un certo punto, gli si chiudevano. Con la penna in mano, dritto sul busto, il giudice D'Andrea si metteva allora a pisolare, prima raccorciandosi, poi attrappandosi come un baco infratito che non possa più fare il bozzolo.

Appena, o per qualche rumore o per un crollo più forte del capo, si ridestava e gli occhi gli andavano lì, a quell'angolo del tavolino dove giaceva l'incartamento, voltava la faccia e, serrando le labbra, tirava con le nari fischianti aria aria aria e la mandava dentro, quanto più dentro poteva, ad allargar le viscere contratte dall'esasperazione, poi la ributtava via spalancando la bocca con un versaccio di nausea, e subito si portava una mano sul naso adunco a regger le lenti che, per il sudore, gli scivolavano.

Era veramente iniquo quel processo là: iniquo perché includeva una spietata ingiustizia contro alla quale un pover'uomo tentava disperatamente di ribellarsi senza alcuna probabilità di scampo. C'era in quel processo una vittima che non poteva prendersela con nessuno. Aveva voluto prendersela con due, lì in quel processo, coi primi due che gli erano capitati sotto mano, e sissignori, la giustizia doveva dargli torto, torto, torto, senza remissione, ribadendo così, ferocemente, l'iniquità di cui quel pover'uomo era vittima.

A passeggio, tentava di parlarne coi colleghi, ma questi, appena egli faceva il nome del Chiàrchiaro, cioè di colui che aveva intentato il processo, si alteravano in viso e si ficcavano subito una mano in tasca a stringervi una chiave, o sotto sotto allungavano l'indice e il mignolo a far le corna, o s'afferravano sul panciotto i gobbetti d'argento, i chiodi, i corni di corallo pendenti dalla catena dell'orologio. Qualcuno, più francamente, prorompeva:

«Per la Madonna Santissima, ti vuoi star zitto?».

Ma non poteva starsi zitto il magro giudice D'Andrea. Se n'era fatta proprio una fissazione, di quel processo. Gira gira, ricascava per forza a parlarne. Per avere un qualche lume dai colleghi – diceva – per discutere così in astratto il caso.

Perché, in verità, era un caso insolito e speciosissimo quello d'un iettatore che si querelava per diffamazione contro i primi due che gli erano caduti sotto gli occhi nell'atto di far gli scongiuri di rito al suo passaggio.

Diffamazione? Ma che diffamazione, povero disgraziato, se già da qualche anno era diffusissima in tutto il paese la sua fama di iettatore? Se innumerevoli testimoni potevano venire in tribunale a giurare che egli in tante e tante occasioni aveva dato segno di conoscere quella sua fama, ribellandosi con proteste violente? Come condannare, in coscienza, quei due giovanotti quali diffamatori per aver fatto al passaggio di lui il gesto che da tempo solevano fare apertamente tutti gli altri, e primi fra tutti – eccoli là – gli stessi giudici?

E il D'Andrea si struggeva; si struggeva di più incontrando per via gli avvocati, nelle cui mani si erano messi quei due giovanotti, l'esile e patitissimo avvocato Grigli, dal profilo di vecchio uccello di rapina, e il grasso Manin Baracca, il quale, portando in trionfo su la pancia un enorme corno comperato per l'occasione e ridendo con tutta la pallida carnaccia di biondo maiale eloquente, prometteva ai concittadini che presto in tribunale sarebbe stata per tutti una magnifica festa.

Orbene, proprio per non dare al paese lo spettacolo di quella «magnifica festa» alle spalle d'un povero disgraziato, il giudice D'Andrea prese alla fine la risoluzione di mandare un usciere in casa del Chiàrchiaro per invitarlo a venire all'ufficio d'Istruzione. Anche a costo di pagar lui le spese, voleva indurlo a desistere dalla querela, dimostrandogli quattro e quattr'otto che quei due giovanotti non potevano essere condannati, secondo giustizia, e che dalla loro assoluzione inevitabile sarebbe venuto a lui certamente maggior danno, una più crudele persecuzione.

Ahimè, è proprio vero che è molto più facile fare il male che il bene, non solo perché il male si può fare a tutti e il bene solo a quelli che ne hanno bisogno; ma anche, anzi sopra tutto, perché questo bisogno di aver fatto il bene rende spesso così acerbi e irti gli animi di coloro che si vorrebbero beneficare, che il beneficio diventa difficilissimo.

Se n'accorse bene quella volta il giudice D'Andrea, appena alzò gli occhi a guardar il Chiàrchiaro, che gli era entrato nella stanza, mentr'egli era intento a scrivere. Ebbe uno scatto violentissimo e buttò all'aria le carte, balzando in piedi e gridandogli:

«Ma fatemi il piacere! Che storie son queste? Vergognatevi!».

Il Chiàrchiaro s'era combinata una faccia da iettatore, ch'era una meraviglia a vedere. S'era lasciata crescere su le cave gote gialle una barbaccia ispida e cespugliata; si era insellato sul naso un paio di grossi occhiali cerchiati d'osso, che gli davano l'aspetto d'un barbagianni; aveva poi indossato un abito lustro, sorcigno, che gli sgonfiava da tutte le parti.

Allo scatto del giudice non si scompose. Dilatò le nari, digrignò i denti gialli e disse sottovoce:

«Lei dunque non ci crede?».

«Ma fatemi il piacere!» ripeté il giudice D'Andrea. «Non facciamo scherzi, caro Chiàrchiaro! O siete impazzito? Via, via, sedete, sedete qua.»

E gli s'accostò e fece per posargli una mano su la spalla. Subito il Chiàrchiaro sfagliò come un mulo, fremendo:

«Signor giudice, non mi tocchi! Se ne guardi bene! O lei, com'è vero Dio, diventa cieco!».

Il D'Andrea stette a guardarlo freddamente, poi disse:

«Quando sarete comodo... vi ho mandato a chiamare per il vostro bene. Là c'è una sedia, sedete».

Il Chiàrchiaro sedette e, facendo rotolar con le mani su le cosce la canna d'India a mo' d'un matterello, si mise a tentennare il capo.

«Per il mio bene? Ah, lei si figura di fare il mio bene, signor giudice, dicendo di non credere alla iettatura?»

Il D'Andrea sedette anche lui e disse:

«Volete che vi dica che ci credo? E vi dirò che ci credo! Va bene così?».

«Nossignore» negò recisamente il Chiàrchiaro, col tono di chi non ammette scherzi. «Lei deve crederci sul serio, e deve anche dimostrarlo istruendo il processo!»

«Questo sarà un po' difficile» sorrise mestamente il D'Andrea, «ma vediamo di intenderci, caro Chiàrchiaro. Voglio dimostrarvi che la via che avete preso non è propriamente quella che possa condurvi a buon porto.»

«Via? Porto? Che porto e che via?» domandò, aggrondato, il Chiàrchiaro.

«Né questa d'adesso» rispose il D'Andrea, «né quella là del processo. Già l'una e l'altra, scusate, son tra loro così.»

E il giudice D'Andrea infrontò gl'indici delle

mani per significare che le due vie gli parevano opposte.

Il Chiàrchiaro si chinò e tra i due indici così infrontati del giudice ne inserì uno suo, tozzo, peloso e non molto pulito.

«Non è vero niente, signor giudice!» disse, agitando quel dito.

«Come no?» esclamò il D'Andrea. «Là accusate come diffamatori due giovani perché vi credono iettatore, e ora qua voi stesso vi presentate innanzi a me in veste di iettatore e pretendete anzi ch'io creda alla vostra iettatura.»

«Sissignore.»

«E non vi pare che ci sia contraddizione?»

Il Chiàrchiaro scosse più volte il capo con la bocca aperta a un muto ghigno di sdegnosa commiserazione.

«Mi pare piuttosto, signor giudice» poi disse, «che lei non capisca niente.»

Il D'Andrea lo guardò un pezzo, imbalordito.

«Dite pure, dite pure, caro Chiàrchiaro. Forse è una verità sacrosanta questa che vi è scappata dalla bocca. Ma abbiate la bontà di spiegarmi perché non capisco niente.»

«Sissignore. Eccomi qua» disse il Chiàrchiaro, accostando la seggiola. «Non solo le farò vedere che lei non capisce niente; ma anche che lei è un mio mortale nemico. Lei, lei, sissignore. Lei che crede di fare il mio bene. Il mio più acerrimo nemico! Sa o non sa che i due imputati hanno chiesto il patrocinio dell'avvocato Manin Baracca?»

«Sì. Questo lo so.»

«Ebbene, all'avvocato Manin Baracca io, Rosario Chiàrchiaro, io stesso sono andato a fornire le prove del fatto: cioè, che non solo mi ero accorto da più d'un anno che tutti, vedendomi passare, facevano le corna, ma le prove anche, prove documentate e testimonianze irrepetibili dei fatti spaventosi su cui è edificata incrollabilmente, incrollabilmente, capisce, signor giudice? La mia fama di iettatore!»

«Voi? Dal Baracca?»

«Sissignore, io.»

Il giudice lo guardò, più imbalordito che mai:

«Capisco anche meno di prima. Ma come? Per render più sicura l'assoluzione di quei giovanotti? E perché allora vi siete querelato?».

Il Chiàrchiaro ebbe un prorompimento di stizza per la durezza di mente del giudice D'Andrea; si levò in piedi, gridando con le braccia per aria:

«Ma perché io voglio, signor giudice, un riconoscimento ufficiale della mia potenza, non capisce ancora? Voglio che sia ufficialmente riconosciuta questa mia potenza spaventosa, che è ormai l'unico mio capitale!».

E ansimando, protese il braccio, batté forte sul pavimento la canna d'India e rimase un pezzo impostato in quell'atteggiamento grottescamente imperioso.

Il giudice D'Andrea si curvò, si prese la testa tra le mani, commosso, e ripeté:

«Povero caro Chiàrchiaro mio, povero caro Chiàrchiaro mio, bel capitale! E che te ne fai? che te ne fai?».

«Che me ne faccio?» rimbeccò pronto il Chiàrchiaro. «Lei, padrone mio, per esercitare codesta professione di giudice, anche così male come la esercita, mi dica un po', non ha dovuto prender la laurea?»

«La laurea, sì.»

«Ebbene, voglio anch'io la mia patente, signor giudice! La patente di iettatore. Col bollo. Con tanto di bollo legale! Iettatore patentato dal regio tribunale.»

«E poi?»

«E poi? Me lo metto come titolo nei biglietti da visita. Signor giudice, mi hanno assassinato. Lavoravo. Mi hanno fatto cacciar via dal banco dov'ero scritturale, con la scusa che, essendoci io, nessuno più veniva a far debiti e pegni; mi hanno buttato in mezzo a una strada, con la moglie paralitica da tre anni e due ragazze nubili, di cui nessuno vorrà più sapere, perché sono figlie mie; viviamo del soccorso che ci manda da Napoli un mio figliuolo, il quale ha famiglia anche lui, quattro bambini, e non può fare a lungo questo sacrifizio per noi. Signor giudice, non mi resta altro che di mettermi a fare la professione del iettatore! Mi sono parato così, con questi occhiali, con quest'abito; mi sono lasciato crescere la barba; e ora aspetto la patente per entrare in campo! Lei mi domanda come? Me lo domanda perché, le ripeto, lei è un mio nemico!»

«Io?»

«Sissignore. Perché mostra di non credere alla mia potenza! Ma per fortuna ci credono gli altri, sa? Tutti, tutti ci credono! E ci son tante case da giuoco in questo paese! Basterà che io mi presenti; non ci sarà bisogno di dir nulla. Mi pagheranno per farmi andar via! Mi metterò a ronzare attorno a tutte le fabbriche; mi pianterò innanzi a tutte le botteghe; e tutti, tutti mi pagheranno la tassa, lei dice dell'ignoranza? Io dico la tassa della salute! Perché, signor giudice, ho accumulato tanta bile e tanto odio, io, contro tutta questa schifosa umanità, che veramente credo d'avere ormai in questi occhi la potenza di far crollare dalle fondamenta una intera città!»

Il giudice D'Andrea, ancora con la testa tra le mani, aspettò un pezzo che l'angoscia che gli serrava la gola desse adito alla voce. Ma la voce non volle venir fuori; e allora egli, socchiudendo dietro le lenti i piccoli occhi plumbei, stese le mani e abbracciò il Chiàrchiaro a lungo, forte forte, a lungo.

Questi lo lasciò fare.

«Mi vuol bene davvero?» gli domandò. «E allora istruisca subito il processo, e in modo da farmi avere al più presto quello che desidero.»

«La patente?»

Il Chiàrchiaro protese di nuovo il braccio, batté la canna d'India sul pavimento e, portandosi l'altra mano al petto, ripeté con tragica solennità:

«La patente».

Farneticava. Principio di febbre cerebrale, avevano detto i medici; e lo ripetevano tutti i compagni d'ufficio, che ritornavano a due, a tre, dall'ospizio, ov'erano stati a visitarlo.

Pareva provassero un gusto particolare a darne l'annunzio coi termini scientifici, appresi or ora dai medici, a qualche collega ritardatario che incontravano per via:

«Frenesia, frenesia».

«Encefalite.»

«Infiammazione della membrana.»

«Febbre cerebrale.»

E volevan sembrare afflitti; ma erano in fondo così contenti, anche per quel dovere compiuto; nella pienezza della salute, usciti da quel triste ospizio al gaio azzurro della mattinata invernale.

«Morrà? Impazzirà?»

«Mah!»

«Morire, pare di no...»

«Ma che dice? Che dice?»

«Sempre la stessa cosa. Farnetica...»

«Povero Belluca!»

E a nessuno passava per il capo che, date le specialissime condizioni in cui quell'infelice viveva da tant'anni, il suo caso poteva anche essere naturalissimo; e che tutto ciò che Belluca diceva e che pareva a tutti delirio, sintomo della frenesia, poteva anche essere la spiegazione più semplice di quel suo naturalissimo caso.

Veramente, il fatto che Belluca, la sera avanti, s'era fieramente ribellato al suo capo-ufficio, e che poi, all'aspra riprensione di questo, per poco non gli s'era scagliato addosso, dava un serio argomento alla supposizione che si trattasse d'una vera e propria alienazione mentale.

Perché uomo più mansueto e sottomesso, più metodico e paziente di Belluca non si sarebbe potuto immaginare.

Circoscritto... sì, chi l'aveva definito così? Uno dei suoi compagni d'ufficio. Circoscritto, povero Belluca, entro i limiti angustissimi della sua arida mansione di computista, senz'altra memoria che non fosse di partite aperte, di partite semplici o doppie o di storno, e di defalchi e prelevamenti e impostazioni; note, libri-mastri, partitarii, stracciafogli e via dicendo. Casellario ambulante: o piuttosto, vecchio somaro, che tirava zitto zitto, sempre d'un passo, sempre per la stessa strada la carretta, con tanto di paraocchi.

Orbene, cento volte questo vecchio somaro era stato frustato, fustigato senza pietà, così per ridere, per il gusto di vedere se si riusciva a farlo imbizzire un po', a fargli almeno almeno drizzare un po' le orecchie abbattute, se non a dar segno che volesse levare un piede per sparar qualche calcio. Niente! S'era prese le frustate ingiuste e le crudeli punture in santa pace, sempre, senza neppur fiatare, come se gli toccassero, o meglio, come se non le sentisse più, avvezzo com'era da anni e anni alle continue solenni bastonature della sorte.

Inconcepibile, dunque, veramente, quella ribellione in lui, se non come effetto d'una improvvisa alienazione mentale.

Tanto più che, la sera avanti, proprio gli toccava la riprensione; proprio aveva il diritto di fargliela, il capo-ufficio. Già s'era presentato, la mattina, con un'aria insolita, nuova; e – cosa veramente enorme, paragonabile, che so? al crollo d'una montagna – era venuto con più di mezz'ora di ritardo.

Pareva che il viso, tutt'a un tratto, gli si fosse allargato. Pareva che i paraocchi gli fossero tutt'a un tratto caduti, e gli si fosse scoperto, spalancato d'improvviso all'intorno lo spettacolo della vita. Pareva che gli orecchi tutt'a un tratto gli si fossero sturati e percepissero per la prima volta voci, suoni non avvertiti mai.

Così ilare, d'una ilarità vaga e piena di stordimento, s'era presentato all'ufficio. E, tutto il giorno, non aveva combinato niente.

La sera, il capo-ufficio, entrando nella stanza di lui, esaminati i registri, le carte:

«E come mai? Che hai combinato tutt'oggi?».

Belluca lo aveva guardato sorridente, quasi con un'aria d'impudenza, aprendo le mani.

«Che significa?» aveva allora esclamato il capo-ufficio, accostandoglisi e prendendolo per una spalla e scrollandolo: «Ohè, Belluca!».

«Niente» aveva risposto Belluca, sempre con quel sorriso tra d'impudenza e d'imbecillità su le labbra, «Il treno, signor Cavaliere.»

«Il treno? Che treno?»

«Ha fischiato.»

«Ma che diavolo dici?»

«Stanotte, signor Cavaliere. Ha fischiato. L'ho sentito fischiare...»

«Il treno?»

«Sissignore. E se sapesse dove sono arrivato! In Siberia... oppure oppure... nelle foreste del Congo... Si fa in un attimo, signor Cavaliere!»

Gli altri impiegati, alle grida del capo-ufficio imbestialito, erano entrati nella stanza e, sentendo parlare così Belluca, giù risate da pazzi.

Allora il capo-ufficio – che quella sera doveva essere di malumore – urtato da quelle risate, era montato su tutte le furie e aveva malmenato la mansueta vittima di tanti suoi scherzi crudeli.

Se non che, questa volta, la vittima, con stupore e quasi con terrore di tutti, s'era ribellata, aveva inveito, gridando sempre quella stramberia del treno che aveva fischiato, e che, perdio, ora non più, ora ch'egli aveva sentito fischiare il treno, non poteva più, non voleva più esser trattato a quel modo.

Lo avevano a viva forza preso, imbracato e trascinato all'ospizio dei matti.

Seguitava ancora, qua, a parlare di quel treno. Ne imitava il fischio. Oh, un fischio assai lamentoso, come lontano, nella notte; accorato. E, subito dopo, soggiungeva:

«Si parte, si parte... Signori, per dove? Per dove?».

E guardava tutti con occhi che non erano più i suoi. Quegli occhi, di solito cupi, senza lustro, aggrottati, ora gli ridevano lucidissimi, come quelli d'un bambino o d'un uomo felice; e frasi senza costrutto gli uscivano dalle labbra. Cose inaudite, espressioni poetiche, immaginose, bislacche, che tanto più stupivano, in quanto non si poteva in alcun modo spiegare come, per qual prodigio, fiorissero in bocca a lui, cioè a uno che finora non s'era mai occupato d'altro che di cifre e registri e cataloghi, rimanendo come cieco e sordo alla vita: macchinetta di computisteria. Ora parlava di *azzurre fronti* di montagne nevose, levate al cielo; parlava di viscidi cetacei che, voluminosi, sul fondo dei mari, con la coda *facevan la virgola*. Cose, ripeto, inaudite.

Chi venne a riferirmele insieme con la notizia dell'improvvisa alienazione mentale rimase però sconcertato, non notando in me, non che meraviglia, ma neppur una lieve sorpresa.

Difatti io accolsi in silenzio la notizia.

E il mio silenzio era pieno di dolore. Tentennai il capo, con gli angoli della bocca contratti in giù, amaramente, e dissi:

«Belluca, signori, non è impazzito. State sicuri che non è impazzito. Qualche cosa dev'essergli accaduta; ma naturalissima. Nessuno se la può spiegare, perché nessuno sa bene come quest'uomo ha vissuto finora. Io che lo so, son sicuro che mi spiegherò tutto naturalissimamente, appena l'avrò veduto e avrò parlato con lui».

Cammin facendo verso l'ospizio ove il poverino era stato ricoverato, seguitai a riflettere per conto mio:

«A un uomo che viva come Belluca finora ha vissuto, cioè una vita "impossibile", la cosa più ovvia, l'incidente più comune, un qualunque lievissimo inciampo impreveduto, che so io, d'un ciottolo per via, possono produrre effetti straordinarii, di cui nessuno si può dar la spiegazione, se non pensa appunto che la vita di quell'uomo è "impossibile". Bisogna condurre la spiegazione là, riattaccandola a quelle condizioni di vita impossibili, ed essa apparirà allora semplice e chiara. Chi veda soltanto una coda, facendo astrazione dal mostro a cui essa appartiene, potrà stimarla per se stessa mostruosa. Bisognerà riattaccarla al mostro; e allora non sembrerà più tale; ma *quale dev'essere*, appartenendo a quel mostro. Una coda naturalissima».

Non avevo veduto mai un uomo vivere come Belluca.

Ero suo vicino di casa, e non io soltanto, ma tutti gli altri inquilini della casa si domandavano con me come mai quell'uomo potesse resistere in quelle condizioni di vita.

Aveva con sé tre cieche, la moglie, la suocera e la sorella della suocera: queste due, vecchissime, per cataratta; l'altra, la moglie, senza cataratta, cieca fissa; palpebre murate.

Tutt'e tre volevano esser servite. Strillavano dalla mattina alla sera perché nessuno le serviva. Le due figliuole vedove, raccolte in casa dopo la morte dei mariti, l'una con quattro, l'altra con tre figliuoli, non avevano mai né tempo né voglia da badare ad esse; se mai, porgevano qualche aiuto alla madre soltanto.

Con lo scarso provento del suo impieguccio di computista poteva Belluca dar da mangiare a tutte quelle bocche? Si procurava altro lavoro per la sera, in casa: carte da ricopiare. E ricopiava tra gli strilli indiavolati di quelle cinque donne e di quei sette ragazzi finché essi, tutt'e dodici, non trovavan posto nei tre soli letti della casa.

Letti ampii, matrimoniali; ma tre.

Zuffe furibonde, inseguimenti, mobili rovesciati, stoviglie rotte, pianti, urli, tonfi, perché qualcuno dei ragazzi, al buio, scappava e andava a cacciarsi fra le tre vecchie cieche, che dormivano in un letto a parte, e che ogni sera litigavano anch'esse tra loro, perché nessuna delle tre voleva stare in mezzo e si ribellava quando veniva la sua volta.

Alla fine, si faceva silenzio, e Belluca seguitava a ricopiare fino a tarda notte, finché la penna non gli cadeva di mano e gli occhi non gli si chiudevano da sé.

Andava allora a buttarsi, spesso vestito, su un divanaccio sgangherato, e subito sprofondava in un sonno di piombo, da cui ogni mattina si levava a stento, più intontito che mai.

Ebbene, signori: a Belluca, in queste condizioni, era accaduto un fatto naturalissimo.

Quando andai a trovarlo all'ospizio, me lo raccontò lui stesso, per filo e per segno. Era, sì, ancora esaltato un po', ma *naturalissimamente*, per ciò che gli era accaduto. Rideva dei medici e degli infermieri e di tutti i suoi colleghi, che lo credevano impazzito.

«Magari!» diceva. «Magari!»

Signori, Belluca, s'era dimenticato da tanti e tanti anni – ma proprio dimenticato – che il mondo esisteva.

Assorto nel continuo tormento di quella sua sciagurata esistenza, assorto tutto il giorno nei conti del suo ufficio, senza mai un momento di respiro, come una bestia bendata, aggiogata alla stanga d'una noria o d'un molino, sissignori, s'era dimenticato da anni e anni – ma proprio dimenticato – che il mondo esisteva.

Due sere avanti, buttandosi a dormire stremato su quel divanaccio, forse per l'eccessiva stanchezza, insolitamente, non gli era riuscito d'addormentarsi subito. E, d'improvviso, nel silenzio profondo della notte, aveva sentito, da lontano, fischiare un treno.

Gli era parso che gli orecchi, dopo tant'anni, chi sa come, d'improvviso gli si fossero sturati.

Il fischio di quel treno gli aveva squarciato e portato via d'un tratto la miseria di tutte quelle sue orribili angustie, e quasi da un sepolcro scoperchiato s'era ritrovato a spaziare anelante nel vuoto arioso del mondo che gli si spalancava enorme tutt'intorno.

S'era tenuto istintivamente alle coperte che ogni sera si buttava addosso, ed era corso col pensiero dietro a quel treno che s'allontanava nella notte.

C'era, ah! C'era, fuori di quella casa orrenda, fuori di tutti i suoi tormenti, c'era il mondo, tanto, tanto mondo lontano, a cui quel treno s'avviava... Firenze, Bologna, Torino, Venezia... tante città, in cui egli da giovine era stato e che ancora, certo, in quella notte sfavillavano di luci sulla terra. Sì, sapeva la vita che vi si viveva! La vita che un tempo vi aveva vissuto anche lui! E seguitava, quella vita; aveva sempre seguitato, mentr'egli qua, come una bestia bendata, girava la stanga del molino. Non ci aveva pensato più! Il mondo s'era chiuso per lui, nel tormento della sua casa, nell'arida, ispida angustia della sua computisteria... Ma ora, ecco, gli rientrava, come per travaso violento, nello spirito. L'attimo, che scoccava per lui, qua, in questa sua prigione, scorreva come un brivido elettrico per tutto il mondo, e lui con l'immaginazione d'improvviso risvegliata poteva, ecco, poteva seguirlo per città note e ignote, lande, montagne, foreste, mari... Questo stesso brivido, questo stesso palpito del tempo. C'erano, mentr'egli qua viveva questa vita «impossibile», tanti e tanti milioni d'uomini sparsi su tutta la terra, che vivevano diversamente. Ora, nel medesimo attimo ch'egli qua soffriva, c'erano le montagne solitarie nevose che levavano al cielo notturno le *azzurre fronti*... Sì, sì, le vedeva, le vedeva, le vedeva così... c'erano gli oceani... le foreste...

E, dunque, lui – ora che il mondo gli era rientrato nello spirito – poteva in qualche modo consolarsi! Sì, levandosi ogni tanto dal suo tormento, per prendere con l'immaginazione una boccata d'aria nel mondo.

Gli bastava!

Naturalmente, il primo giorno, aveva ecceduto. S'era ubriacato. Tutto il mondo, dentro d'un tratto: un cataclisma. A poco a poco, si sarebbe ricomposto. Era ancora ebro della troppa troppa aria, lo sentiva.

Sarebbe andato, appena ricomposto del tutto, a chiedere scusa al capo-ufficio, e avrebbe ripreso come prima la sua computisteria. Soltanto il capo-ufficio ormai non doveva pretender troppo da lui come per il passato: doveva concedergli che di tanto in tanto, tra una partita e l'altra da registrare, egli facesse una capatina, sì, in Siberia... oppure oppure... nelle foreste del Congo:

«Si fa in un attimo, signor Cavaliere mio. Ora che il treno ha fischiato...».

LA TRAGEDIA D'UN PERSONAGGIO

È mia vecchia abitudine dare udienza, ogni domenica mattina, ai personaggi delle mie future novelle.

Cinque ore, dalle otto alle tredici.

M'accade quasi sempre di trovarmi in cattiva compagnia.

Non so perché, di solito accorre a queste mie udienze la gente più scontenta del mondo, o afflitta da strani mali, o ingarbugliata in speciosissimi casi, con la quale è veramente una pena trattare.

Io ascolto tutti con sopportazione; li interrogo con buona grazia; prendo nota de' nomi e delle condizioni di ciascuno; tengo conto de' loro sentimenti e delle loro aspirazioni. Ma bisogna anche aggiungere che per mia disgrazia non sono di facile contentatura. Sopportazione, buona grazia, sì; ma esser gabbato non mi piace. E voglio penetrare in fondo al loro animo con lunga e sottile indagine.

Ora avviene che a certe mie domande più d'uno aombri e s'impunti e recalcitri furiosamente, perché forse gli sembra ch'io provi gusto a scomporlo dalla serietà con cui mi s'è presentato.

Con pazienza, con buona grazia m'ingegno di far vedere e toccar con mano, che la mia domanda non è superflua, perché si fa presto a volerci in un modo o in un altro; tutto sta poi se possiamo essere quali ci vogliamo. Ove quel potere manchi, per forza questa volontà deve apparire ridicola e vana.

Non se ne vogliono persuadere.

E allora io, che in fondo sono di buon cuore, li compatisco. Ma è mai possibile il compatimento di certe sventure, se non a patto che se ne rida?

Orbene, i personaggi delle mie novelle vanno sbandendo per il mondo, che io sono uno scrittore crudelissimo e spietato. Ci vorrebbe un critico di buona volontà, che facesse vedere quanto compatimento sia sotto a quel riso.

Ma dove sono oggi i critici di buona volontà?

È bene avvertire che alcuni personaggi, in queste udienze, balzano davanti agli altri e s'impongono con tanta petulanza e prepotenza, ch'io mi vedo costretto qualche volta a sbrigarmi di loro lì per lì.

Parecchi di questa lor furia poi si pentono amaramente e mi si raccomandano per avere accomodato chi un difetto e chi un altro. Ma io sorrido e dico loro pacatamente che scontino ora il loro peccato originale e aspettino ch'io abbia tempo e modo di ritornare ad essi.

Tra quelli che rimangono indietro in attesa, sopraffatti, chi sospira, chi s'oscura, chi si stanca e se ne va a picchiare alla porta di qualche altro scrittore.

Mi è avvenuto non di rado di ritrovare nelle novelle di parecchi miei colleghi certi personaggi, che prima s'erano presentati a me; come pure m'è avvenuto di ravvisarne certi altri, i quali, non contenti del modo com'io li avevo trattati, han voluto provare di fare altrove miglior figura.

Non me ne lagno, perché solitamente di nuovi me ne vengon davanti due e tre per settimana. E spesso la ressa è tanta, ch'io debbo dar retta a più d'uno contemporaneamente. Se non che, a un certo punto, lo spirito così diviso e frastornato si ricusa a quel doppio o triplo allevamento e grida esasperato che, o uno alla volta, piano piano, riposatamente, o via nel limbo tutt'e tre!

Ricordo sempre con quanta remissione aspettò il suo turno un povero vecchietto arrivatomi da lontano, un certo maestro Icilio Saporini, spatriato in America nel 1849, alla caduta della Repubblica Romana, per aver musicato non so che inno patriottico, e ritornato in Italia dopo quarantacinque anni, quasi ottantenne, per morirvi. Cerimonioso, col suo vocino di zanzara, lasciava passar tutti innanzi a sé. E finalmente un giorno ch'ero ancor convalescente d'una lunga malattia, me lo vidi entrare in camera, umile umile, con un timido risolino su le labbra:

«Se posso... Se non le dispiace...».

Oh sì, caro vecchietto! Aveva scelto il momento più opportuno. E lo feci morire subito subito in una novelletta intitolata *Musica vecchia*.

Quest'ultima domenica sono entrato nello scrittoio, per l'udienza, un po' più tardi del solito.

Un lungo romanzo inviatomi in dono, e che aspettava da più d'un mese d'esser letto, mi tenne sveglio fino alle tre del mattino per le tante considerazioni che mi suggerì un personaggio di esso, l'unico vivo tra molte ombre vane.

Rappresentava un pover uomo, un certo dottor Fileno, che credeva d'aver trovato il più efficace rimedio a ogni sorta di mali, una ricetta infallibile per consolar se stesso e tutti gli uomini d'ogni pubblica o privata calamità.

Veramente, più che rimedio o ricetta, era un metodo, questo del dottor Fileno, che consisteva nel leggere da mane a sera libri di storia e nel veder nella storia anche il presente, cioè come già lontanissimo nel tempo e impostato negli archivi del passato.

Con questo metodo s'era liberato d'ogni pena e d'ogni fastidio, e aveva trovato – senza bisogno di morire – la pace: una pace austera e serena, soffusa di quella certa mestizia senza rimpianto, che serberebbero ancora i cimiteri su la faccia della terra, anche quando tutti gli uomini vi fossero morti.

Non si sognava neppure, il dottor Fileno, di trarre dal passato ammaestramenti per il presente. Sapeva che sarebbe stato tempo perduto, e da sciocchi; perché la storia è composizione ideale d'elementi raccolti secondo la natura, le antipatie, le simpatie, le aspirazioni, le opinioni degli storici, e che non è dunque possibile far servire questa composizione ideale alla vita che si muove con tutti i suoi elementi ancora scomposti e sparpagliati. E nemmeno si sognava di trarre dal presente norme o previsioni per l'avvenire; anzi faceva proprio il contrario: si poneva idealmente nell'avvenire per guardare il presente, e lo vedeva come passato.

Gli era morta, per esempio, da pochi giorni una figliuola. Un amico era andato a trovarlo per condolersi con lui della sciagura. Ebbene, lo aveva trovato già così consolato, come se quella figliuola gli fosse morta da più che cent'anni.

La sua sciagura, ancor calda calda, l'aveva senz'altro allontanata nel tempo, respinta e composta nel passato. Ma bisognava vedere da quale altezza e con quanta dignità ne parlava!

Insomma, di quel suo metodo il dottor Fileno s'era fatto come un cannocchiale rivoltato. Lo apriva, ma non per mettersi a guardare verso l'avvenire, dove sapeva che non avrebbe veduto niente; persuadeva l'anima a esser contenta di mettersi a guardare dalla lente più grande, attraverso la piccola, appuntata al presente, per modo che tutte le cose subito le apparissero piccole e lontane. E attendeva da varii anni a comporre un libro, che avrebbe fatto epoca certamente: *La filosofia del lontano*.

Durante la lettura del romanzo m'era apparso manifesto che l'autore, tutto inteso ad annodare artificiosamente una delle trame più solite, non aveva saputo assumere intera coscienza di questo personaggio, il quale, contenendo in sé, esso solo, il germe d'una vera e propria creazione, era riuscito a un certo punto a prender la mano all'autore e a stagliarsi per un lungo tratto con vigoroso rilievo su i comunissimi casi narrati e rappresentati; poi, all'improvviso, sformato e immiserito, s'era lasciato piegare e adattare alle esigenze d'una falsa e sciocca soluzione.

Ero rimasto a lungo, nel silenzio della notte, con l'immagine di questo personaggio davanti agli occhi, a fantasticare. Peccato! C'era tanta materia in esso, da trarne fuori un capolavoro! Se l'autore non lo avesse così indegnamente misconosciuto e trascurato, se avesse fatto di lui il centro della narrazione, anche tutti quegli elementi artificiosi di cui s'era valso, si sarebbero forse trasformati, sarebbero diventati subito vivi anch'essi. E una gran pena e un gran dispetto s'erano impadroniti di me per quella vita miseramente mancata.

Ebbene, quella mattina, entrando tardi nello scrittoio, vi trovai un insolito scompiglio, perché quel dottor Fileno s'era già cacciato in mezzo ai miei personaggi aspettanti, i quali, adirati e indispettiti, gli erano saltati addosso e cercavano di cacciarlo via, di strapparlo indietro.

«Ohè!» gridai. «Signori miei, che modo è codesto? Dottor Fileno, io ho già sprecato con lei troppo tempo. Che vuole da me? Lei non m'appartiene. Mi lasci attendere in pace adesso a' miei personaggi, e se ne vada.»

Una così intensa e disperata angoscia si dipinse sul volto del dottor Fileno, che subito tutti quegli altri (i miei personaggi che ancora stavano a trattenerlo) impallidirono mortificati e si ritrassero.

«Non mi scacci, per carità, non mi scacci! Mi accordi cinque soli minuti d'udienza, con sopportazione di questi signori, e si lasci persuadere, per carità!»

Perplesso e pur compreso di pietà, gli domandai:

«Ma persuadere di che? Sono persuasissimo che lei, caro dottore, meritava di capitare in migliori mani. Ma che cosa vuole ch'io le faccia? Mi sono doluto già molto della sua sorte; ora basta».

«Basta? Ah, no, perdio!» scattò il dottor Fileno con un fremito d'indignazione per tutta la persona. «Lei dice così perché non son cosa sua! La sua noncuranza, il suo disprezzo mi sarebbero, creda, assai meno crudeli, che codesta passiva commiserazione, indegna d'un artista, mi scusi! Nessuno può sapere meglio di lei, che noi siamo esseri vivi, più vivi di quelli che respirano e vestono panni; forse meno reali, ma più veri! Si nasce alla vita in tanti modi, caro signore; e lei sa bene che la natura si serve dello strumento della fantasia umana per proseguire la sua opera di creazione. E chi nasce mercé quest'attività creatrice che ha sede nello spirito dell'uomo, è ordinato da natura a una vita di gran lunga superiore a quella di chi nasce dal grembo mortale d'una donna. Chi nasce personaggio, chi ha l'avventura di nascere personaggio vivo, può infischiarsi anche della morte. Non muore più! Morrà l'uomo, lo scrittore, strumento naturale della creazione; la creatura non muore più! E per vivere eterna, non ha mica bisogno di straordinarie doti o di compiere prodigi. Mi dica lei chi era Sancho Panza! Mi dica lei chi era don Abbondio! Eppure vivono eterni perché – vivi germi – ebbero la ventura di trovare una matrice feconda, una fantasia che li seppe allevare e nutrire per l'eternità.»

«Ma sì, caro dottore: tutto questo sta bene» gli dissi, «ma non vedo ancora che cosa ella possa volere da me.»

«Ah no? Non vede?» fece il dottor Fileno. «Ho forse sbagliato strada? Sono caduto per caso nel mondo della Luna? Ma che razza di scrittore è lei, scusi? Ma dunque sul serio lei non comprende l'orrore della tragedia mia? Avere il privilegio inestimabile di esser nato personaggio, oggi come oggi, voglio dire oggi che la vita materiale è così irta di vili difficoltà che ostacolano, deformano, immiseriscono ogni esistenza; avere il privilegio di esser nato personaggio vivo, ordinato dunque, anche nella mia piccolezza, all'immortalità, e sissignore, esser caduto in quelle mani, esser condannato a perire iniquamente, a soffocare in quel mondo d'artifizio, dove non posso né respirare né dare un passo, perché è tutto finto, falso, combinato, arzigogolato! Parole e carta! Carta e parole! Un uomo, se si trova avviluppato in condizioni di vita a cui non possa o non sappia adattarsi, può scapparsene, fuggire; ma un povero personaggio, no: è lì fissato, inchiodato a un martirio senza fine! Aria! Aria! Vita! Ma guardi... *Fileno*... mi ha messo nome *Fileno*... Le pare sul serio che io mi possa chiamar Fileno? Imbecille, imbecille! Neppure il nome ha saputo darmi! Io, Fileno! E poi, già, io, io, l'autore della *Filosofia del lontano*, proprio io dovevo andare a finire in quel modo indegno per sciogliere tutto quello stupido garbuglio di casi là! Dovevo sposarla io, è vero? In seconde nozze quell'oca di Graziella, invece del notaio Negroni! Ma mi faccia il piacere! Questi sono delitti, caro signore, delitti che si dovrebbero scontare a lagrime di sangue! Ora, invece, che avverrà? Niente. Silenzio. O forse qualche stroncatura in due o tre giornaletti. Forse qualche critico esclamerà: "Quel povero dottor Fileno, peccato! Quello sì era un buon personaggio!". E tutto finirà così. Condannato a morte, io, l'autore della *Filosofia del lontano*, che quell'imbecille non ha trovato modo neanche di farmi stampare a mie spese! Eh già, se no, sfido! Come avrei potuto sposare in seconde nozze quell'oca di Graziella? Ah, non mi faccia pensare! Su, su, all'opera, all'opera, caro signore! Mi riscatti lei, subito subito! Mi faccia viver lei che ha compreso bene tutta la vita che è in me!»

A questa proposta avventata furiosamente come conclusione del lunghissimo sfogo, restai un pezzo a mirare in faccia il dottor Fileno.

«Si fa scrupolo?» mi domandò, scombuiandosi. «Si fa scrupolo? Ma è legittimo, legittimo, sa! È suo diritto sacrosanto riprendermi e darmi la vita che quell'imbecille non ha saputo darmi. È suo e mio diritto, capisce?»

«Sarà suo diritto, caro dottore» risposi, «e sarà anche legittimo, come lei crede. Ma queste cose, io non le faccio. Ed è inutile che insista. Non le faccio. Provi a rivolgersi altrove.»

«E a chi vuole che mi rivolga, se lei...»

«Ma io non so! Provi. Forse non stenterà molto a trovarne qualcuno perfettamente convinto della legittimità di codesto diritto. Se non che, mi ascolti un po', caro dottor Fileno. È lei, sì o no, veramente l'autore della *Filosofia del lontano*?»

«E come no?» scattò il dottor Fileno, tirandosi un passo indietro e recandosi le mani al petto. «Oserebbe metterlo in dubbio? Capisco, capisco! È sempre per colpa di quel mio assassino! Ha dato appena appena e in succinto, di passata, un'idea delle mie teorie, non supponendo neppure lontanamente tutto il partito che c'era da trarre da quella mia scoperta del cannocchiale rivoltato!»

Parai le mani per arrestarlo, sorridendo e dicendo:

«Va bene... va bene... ma, e lei, scusi?»

«Io? Come, io?».

«Si lamenta del suo autore; ma ha saputo lei, caro dottore, trar partito veramente della sua teoria?

Ecco, volevo dirle proprio questo. Mi lasci dire. Se Ella crede sul serio, come me, alla virtù della sua filosofia, perché non la applica un po' al suo caso? Ella va cercando, oggi, tra noi, uno scrittore che la consacri all'immortalità? Ma guardi a ciò che dicono di noi poveri scrittorelli contemporanei tutti i critici più ragguardevoli. Siamo e non siamo, caro dottore! E sottoponga, insieme con noi, al suo famoso cannocchiale rivoltato i fatti più notevoli, le questioni più ardenti e le più mirabili opere dei giorni nostri. Caro il mio dottore, ho gran paura ch'Ella non vedrà più niente né nessuno. E dunque, via, si consoli, o piuttosto, si rassegni, e mi lasci attendere a' miei poveri personaggi, i quali, saranno cattivi, saranno scontrosi, ma non hanno almeno la sua stravagante ambizione.»

CANTA L'EPISTOLA

«Avevate preso gli Ordini?

«Tutti no. Fino al Suddiaconato.»

«Ah, suddiacono. E che fa il suddiacono?»

«Canta l'Epistola; regge il libro al diacono mentre canta il Vangelo; amministra i vasi della Messa; tiene la patena avvolta nel velo in tempo del Canone.»

«Ah, dunque voi cantavate il Vangelo?»

«Nossignore. Il Vangelo lo canta il diacono; il suddiacono canta l'Epistola.»

«E voi allora cantavate l'Epistola?»

«Io? Proprio io? Il suddiacono.»

«Canta l'Epistola?»

«Canta l'Epistola.»

Che c'era da ridere in tutto questo?

Eppure, nella piazza aerea del paese, tutta frusciante di foglie secche, che s'oscurava e rischiarava a una rapida vicenda di nuvole e di sole, il vecchio dottor Fanti, rivolgendo quelle domande a Tommasino Unzio uscito or ora dal seminario senza più tonaca per aver perduto la fede, aveva composto la faccia caprigna a una tale aria, che tutti gli sfaccendati del paese, seduti in giro innanzi alla *Farmacia dell'Ospedale*, parte storcendosi e parte turandosi la bocca, s'erano tenuti a stento di ridere.

Le risa erano prorotte squacquerate, appena andato via Tommasino inseguito da tutte quelle foglie secche, poi l'uno aveva preso a domandare all'altro:

«Canta l'Epistola?».

E l'altro a rispondere:

«Canta l'Epistola».

E così a Tommasino Unzio, uscito suddiacono dal seminario senza più tonaca, per aver perduto la fede, era stato appiccicato il nomignolo di *Canta l'Epistola*.

La fede si può perdere per centomila ragioni; e, in generale, chi perde la fede è convinto, almeno nel primo momento, di aver fatto in cambio qualche guadagno; non foss'altro, quello della libertà di fare e dire certe cose che, prima, con la fede non riteneva compatibili.

Quando però cagione della perdita non sia la violenza di appetiti terreni, ma sete d'anima che non riesca più a saziarsi nel calice dell'altare e nel fonte dell'acqua benedetta, difficilmente chi perde la fede è convinto d'aver guadagnato in cambio qualche cosa. Tutt'al più, lì per lì, non si lagna della perdita, in quanto riconosce d'aver perduto in fine una cosa che non aveva più per lui alcun valore.

Tommasino Unzio, con la fede, aveva poi perduto tutto, anche l'unico stato che il padre gli potesse dare, mercé un lascito condizionato d'un vecchio zio sacerdote. Il padre, inoltre, non s'era tenuto di prenderlo a schiaffi, a calci, e di lasciarlo parecchi giorni a pane e acqua, e di scagliargli in faccia ogni sorta di ingiurie e di vituperii. Ma Tommasino aveva sopportato tutto con dura e pallida fermezza, e aspettato che il padre si convincesse non esser quelli propriamente i mezzi più acconci per fargli ritornar la fede e la vocazione.

Non gli aveva fatto tanto male la violenza, quanto la volgarità dell'atto così contrario alla ragione per cui s'era spogliato dell'abito sacerdotale.

Ma d'altra parte aveva compreso che le sue guance, le sue spalle, il suo stomaco dovevano offrire uno sfogo al padre per il dolore che sentiva anche lui, cocentissimo, della sua vita irreparabilmente crollata e rimasta come un ingombro lì per casa.

Volle però dimostrare a tutti che non s'era spretato per voglia di mettersi «a fare il porco» come il padre pulitamente era andato sbandendo per tutto il paese. Si chiuse in sé, e non uscì più dalla sua cameretta, se non per qualche passeggiata solitaria o su per i boschi di castagni, fino al Pian della Britta, o giù per la carraia a valle, tra i campi, fino alla chiesetta abbandonata di Santa Maria di Loreto, sempre assorto in meditazioni e senza mai alzar gli occhi in volto a nessuno.

È vero intanto che il corpo, anche quando lo spirito si fissi in un dolore profondo o in una tenace ostinazione ambiziosa, spesso lascia lo spirito così fissato e, zitto zitto, senza dirgliene nulla, si mette a vivere per conto suo, a godere della buon'aria e dei cibi sani.

Avvenne così a Tommasino di ritrovarsi in breve e quasi per ischerno, mentre lo spirito gli s'immalinconiva e s'assottigliava sempre più nelle disperate meditazioni, con un corpo ben pasciuto e florido, da padre abate.

Altro che Tommasino, adesso! Tommasone *Can-*

ta l'Epistola. Ciascuno, a guardarlo, avrebbe dato ragione al padre. Ma si sapeva in paese come il povero giovine vivesse; e nessuna donna poteva dire d'essere stata guardata da lui, fosse pur di sfuggita.

Non aver più coscienza d'essere, come una pietra, come una pianta; non ricordarsi più neanche del proprio nome; vivere per vivere, senza saper di vivere, come le bestie, come le piante; senza più affetti, né desideri, né memorie, né pensieri, senza più nulla che desse senso e valore alla propria vita. Ecco: sdraiato lì su l'erba, con le mani intrecciate dietro la nuca, guardare nel cielo azzurro le bianche nuvole abbarbaglianti, gonfie di sole; udire il vento che faceva nei castagni del bosco come un fragor di mare, e nella voce di quel vento e in quel fragore sentire, come da un'infinita lontananza, la vanità d'ogni cosa e il tedio angoscioso della vita.

Nuvole e vento.

Eh, ma era già tutto avvertire e riconoscere che quelle che veleggiavano luminose per la sterminata azzurra vacuità erano nuvole. Sa forse d'essere la nuvola? Né sapevan di lei l'albero e le pietre, che ignoravano anche se stessi.

E lui, avvertendo e riconoscendo le nuvole, poteva anche – perché no? – pensare alla vicenda dell'acqua, che divien nuvola per ridivenir poi acqua di nuovo. E a spiegar questa vicenda bastava un povero professoruccio di fisica; ma a spiegare il perché del perché?

Su nel bosco dei castagni, picchi d'accetta; giù nella cava, picchi di piccone.

Mutilare la montagna; atterrare gli alberi, per costruire case. Lì, in quel borgo montano, altre case.

Stenti, affanni, fatiche e pene d'ogni sorta, perché? Per arrivare a un comignolo e per fare uscir poi da questo comignolo un po' di fumo, subito disperso nella vanità dello spazio.

E come quel fumo, ogni pensiero, ogni memoria degli uomini.

Ma davanti all'ampio spettacolo della natura, a quell'immenso piano verde di querci e d'ulivi e di castagni, digradante dalle falde del Cimino fino alla valle tiberina laggiù laggiù, sentiva a poco a poco rasserenarsi in una blanda smemorata mestizia.

Tutte le illusioni e tutti i disinganni e i dolori e le gioie e le speranze e i desiderii degli uomini gli apparivano vani e transitorii di fronte al sentimento che spirava dalle cose che restano e sopravanzano ad essi, impassibili. Quasi vicende di nuvole gli apparivano nell'eternità della natura i singoli fatti degli uomini. Bastava guardare quegli alti monti di là dalla valle tiberina, lontani lontani, sfumanti all'orizzonte, lievi e quasi aerei nel tramonto.

Oh ambizioni degli uomini! Che grida di vittoria, perché l'uomo s'era messo a volare come un uccellino! Ma ecco qua un uccellino come vola: è la facilità più schietta e lieve, che s'accompagna spontanea a un trillo di gioia. Pensare adesso al goffo apparecchio rombante, e allo sgomento, all'ansia, all'angoscia mortale dell'uomo che vuol fare l'uccellino! Qua un frullo e un trillo; là un motore strepitoso e puzzolente, e la morte davanti. Il motore si guasta, il motore s'arresta; addio uccellino!

«Uomo,» diceva Tommasino Unzio lì sdraiato sull'erba, «lascia di volare. Perché vuoi volare? E quando hai volato?»

D'un tratto, come una raffica, corse per tutto il paese una notizia che sbalordì tutti: Tommasino Unzio, *Canta l'Epistola*, era stato prima schiaffeggiato e poi sfidato a duello dal tenente De Venera, comandante il distaccamento, perché, senza voler dare alcuna spiegazione, aveva confermato d'aver detto: «*Stupida!*» in faccia alla signorina Olga Fanelli, fidanzata del tenente, la sera avanti, lungo la via di campagna che conduce alla chiesetta di Santa Maria di Loreto.

Era uno sbalordimento misto d'ilarità, che pareva s'appigliasse a un'interrogazione su questo o quel dato della notizia, per non precipitare di botto nell'incredulità.

«Tommasino?» «Sfidato a duello?» «Stupida, alla signorina Fanelli?» «Confermato?» «Senza spiegazioni?» «E ha accettato la sfida?»

«Eh, perdio, schiaffeggiato!»

«E si batterà?»

«Domani, alla pistola.»

«Col tenente De Venera alla pistola?»

«Alla pistola.»

E dunque il motivo doveva esser gravissimo. Pareva a tutti non si potesse mettere in dubbio una furiosa passione tenuta finora segreta. E forse le aveva gridato in faccia «*Stupida!*» perché ella, invece di lui, amava il tenente De Venera. Era chiaro! E veramente tutti in paese giudicavano che soltanto una stupida si potesse innamorare di quel ridicolissimo De Venera. Ma non lo poteva credere lui, naturalmente, il De Venera; e perciò aveva preteso una spiegazione.

Dal canto suo, però, la signorina Olga Fanelli

giurava e spergiurava con le lagrime agli occhi che non poteva esser quella la ragione dell'ingiuria, perché ella non aveva veduto se non due o tre volte quel giovine, il quale del resto non aveva mai neppure alzato gli occhi a guardarla; e mai e poi mai, neppure per un minimo segno, le aveva dato a vedere di covar per lei quella furiosa passione segreta, che tutti dicevano. Ma che! No! Non quella: qualche altra ragione doveva esserci sotto! Ma quale? Per niente non si grida: «*Stupida!*» in faccia a una signorina.

Se tutti, e in ispecie il padre e la madre, i due padrini, il De Venera e la signorina stessa si struggevano di saper la vera ragione dell'ingiuria; più di tutti si struggeva Tommasino di non poterla dire, sicuro com'era che, se l'avesse detta, nessuno la avrebbe creduta, e che anzi a tutti sarebbe sembrato che egli volesse aggiungere a un segreto inconfessabile l'irrisione.

Chi avrebbe infatti creduto che lui, Tommasino Unzio, da qualche tempo in qua, nella crescente e sempre più profonda sua melanconia, si fosse preso d'una tenerissima pietà per tutte le cose che nascono alla vita e vi durano alcun poco, senza saper perché, in attesa del deperimento e della morte? Quanto più labili e tenui e quasi inconsistenti le forme di vita, tanto più lo intenerivano, fino alle lagrime talvolta. Oh! In quanti modi si nasceva, e per una volta sola, e in quella data forma, unica, perché mai due forme non erano uguali, e così per poco tempo, per un giorno solo talvolta, e in un piccolissimo spazio, avendo tutt'intorno, ignoto, l'enorme mondo, la vacuità enorme e impenetrabile del mistero dell'esistenza. Formichetta, si nasceva, e moscerino, e filo d'erba. Una formichetta, nel mondo! Nel mondo, un moscerino, un filo d'erba. Il filo d'erba nasceva, cresceva, fioriva, appassiva; e via per sempre; mai più, quello; mai più!

Ora, da circa un mese, egli aveva seguito giorno per giorno la breve storia d'un filo d'erba appunto: d'un filo d'erba tra due grigi macigni tigrati di mosco, dietro la chiesetta abbandonata di Santa Maria di Loreto.

Lo aveva seguito, quasi con tenerezza materna, nel crescer lento tra altri più bassi che gli stavano attorno, e lo aveva veduto sorgere dapprima timido, nella sua tremula esilità, oltre i due macigni ingrommati, quasi avesse paura e insieme curiosità d'ammirar lo spettacolo che si spalancava sotto, della verde, sconfinata pianura; poi, su, su, sempre più alto, ardito, baldanzoso, con un pennacchietto rossigno in cima, come una cresta di galletto.

E ogni giorno, per una o due ore, contemplandolo e vivendone la vita, aveva con esso tentennato a ogni più lieve alito d'aria; trepidando era accorso in qualche giorno di forte vento, o per paura di non arrivare a tempo a proteggerlo da una greggiola di capre, che ogni giorno, alla stess'ora, passava dietro la chiesetta e spesso s'indugiava un po' a strappare tra i macigni qualche ciuffo d'erba. Finora, così il vento come le capre avevano rispettato quel filo d'erba. E la gioia di Tommasino nel ritrovarlo intatto lì, col suo spavaldo pennacchietto in cima, era ineffabile. Lo carezzava, lo lisciava con due dita delicatissime, quasi lo custodiva con l'anima e col fiato; e, nel lasciarlo, la sera, lo affidava alle prime stelle che spuntavano nel cielo crepuscolare, perché con tutte le altre lo vegliassero durante la notte. E proprio, con gli occhi della mente, da lontano, vedeva quel suo filo d'erba, tra i due macigni, sotto le stelle fitte fitte, sfavillanti nel cielo nero, che lo vegliavano.

Ebbene, quel giorno, venendo alla solita ora per vivere un'ora con quel suo filo d'erba, quand'era già a pochi passi dalla chiesetta, aveva scorto dietro a questa, seduta su uno di quei due macigni, la signorina Olga Fanelli, che forse stava lì a riposarsi un po', prima di riprendere il cammino.

Si era fermato, non osando avvicinarsi, per aspettare ch'ella, riposatasi, gli lasciasse il posto. E difatti, poco dopo, la signorina era sorta in piedi, forse seccata di vedersi spiata da lui: s'era guardata un po' attorno, poi, distrattamente, allungando la mano, aveva strappato giusto quel filo d'erba e se l'era messo tra i denti col pennacchietto ciondolante.

Tommasino Unzio s'era sentito strappar l'anima, e irresistibilmente le aveva gridato: «Stupida!» quand'ella gli era passata davanti, con quel gambo in bocca.

Ora, poteva egli confessare d'avere ingiuriato così quella signorina per un filo d'erba?

E il tenente De Venera lo aveva schiaffeggiato.

Tommasino era stanco dell'inutile vita, stanco dell'ingombro di quella sua stupida carne, stanco della baja che tutti gli davano e che sarebbe diventata più acerba e accanita se egli, dopo gli schiaffi, si fosse ricusato di battersi. Accettò la sfida, ma a patto che le condizioni del duello fossero gravissime. Sapeva che il tenente De Venera era un valentissimo tiratore. Ne dava ogni mattina la prova, durante le istruzioni del Tir'a segno. E volle battersi alla pistola, la mattina appresso, all'alba, proprio là, nel recinto del Tir'a segno.

Una palla in petto. La ferita, dapprima, non parve tanto grave; poi s'aggravò. La palla aveva forato il polmone. Una gran febbre; il delirio. Quattro giorni e quattro notti di cure disperate.

La signora Unzio, religiosissima, quando i medici alla fine dichiararono che non c'era più nulla da fare, pregò, scongiurò il figliuolo che, almeno prima di morire, volesse ritornare in grazia di Dio. E Tommasino, per contentar la mamma, si piegò a ricevere un confessore.

Quando questo, al letto di morte, gli chiese:

«Ma perché, figliuolo mio? Perché?».

Tommasino, con gli occhi socchiusi, con voce spenta, tra un sospiro ch'era anche sorriso dolcissimo, gli rispose semplicemente:

«Padre, per un filo d'erba...».

E tutti credettero ch'egli fino all'ultimo seguitasse a delirare.

«Ah, lo volevo dire! Lei dunque un uomo pacifico è... Ha perduto il treno?»

«Per un minuto, sa? Arrivo alla stazione, e me lo vedo scappare davanti.»

«Poteva corrergli dietro!»

«Già. È da ridere, lo so. Bastava, santo Dio, che non avessi tutti quegl'impicci di pacchi, pacchetti, pacchettini... Più carico d'un somaro! Ma le donne – commissioni... commissioni... – non la finiscono più! Tre minuti, creda, appena sceso dalla vettura, per dispormi i nodini di tutti quei pacchetti alle dita: due pacchetti per ogni dito.»

«Doveva esser bello... Sa che avrei fatto io? Li avrei lasciati nella vettura.»

«E mia moglie? Ah sì! E le mie figliuole? E tutte le loro amiche?»

«Strillare! Mi ci sarei spassato un mondo.»

«Perché lei forse non sa che cosa diventano le donne in villeggiatura!»

«Ma sì che lo so! Appunto perché lo so. Dicono tutte che non avranno bisogno di niente.»

«Questo soltanto? Capaci anche di sostenere che ci vanno per risparmiare! Poi, appena arrivano in un paesello qua dei dintorni, più brutto è, più misero e lercio, e più imbizzariscono a pararlo con tutte le loro galenterie più vistose! Eh, le donne, caro signore! Ma del resto, è la loro professione... "*Se tu facessi una capatina in città, caro! Avrei proprio bisogno di questo... di quest'altro... e potresti anche, se non ti secca* (caro, il se non ti secca)... *e poi, giacché ci sei, passando di là...*" Ma come vuoi, cara mia, che in tre ore ti sbrighi tutte codeste faccende? "*Uh, ma che dici? Prendendo una vettura...*" Il guaio è, capisce? che dovendo trattenermi tre ore sole, sono venuto senza le chiavi di casa.»

«Oh bella! E perciò...»

«Ho lasciato tutto quel monte di pacchi e pacchetti in deposito alla stazione; me ne sono andato a cenare in una trattoria, poi, per farmi svaporar la stizza, a teatro. Si crepava dal caldo. All'uscita, dico, che faccio? Andarmene a dormire in un albergo? Sono già le dodici; alle quattro prendo il primo treno; per tre orette di sonno, non vale la spesa. E me ne sono venuto qua. Questo caffè non chiude, è vero?»

«Non chiude, nossignore. E così, ha lasciato tutti quei pacchetti in deposito alla stazione?»

«Perché? Non sono sicuri? Erano tutti ben legati...»

«No no, non dico! Eh, ben legati, me l'immagino, con quell'arte speciale che mettono i giovani di negozio nell'involtare la roba venduta... Che mani! Un bel foglio grande di carta doppia, rosea, levigata... ch'è per sé stessa un piacere a vederla... così liscia, che uno ci metterebbe la faccia per sentirne la fresca carezza... La stendono sul banco e poi, con garbo disinvolto, vi collocano su, in mezzo, la stoffa lieve, ben ripiegata. Levano prima da sotto, col dorso della mano, un lembo; poi, da sopra, vi abbassano l'altro e ci fanno anche, con svelta grazia, una rimboccaturina, come un di più, per amore dell'arte; poi ripiegano da un lato e dall'altro a triangolo e cacciano sotto le due punte, allungano una mano alla scatola dello spago; tirano per farne scorrere quanto basta a legar l'involto, e legano così rapidamente, che lei non ha neanche il tempo d'ammirar la loro bravura, che già si vede presentare il pacco col cappio pronto a introdurvi il dito.»

«Eh, si vede che lei ha prestato molta attenzione ai giovani di negozio...»

«Io? Caro signore, giornate intere ci passo. Sono capace di stare anche un'ora fermo a guardare dentro una bottega, attraverso la vetrina. Mi ci dimentico. Mi sembra d'essere, vorrei essere veramente quella stoffa là di seta... quel bordatino... quel nastro rosso o celeste che le giovani di merceria, dopo averlo misurato sul metro, ha visto come fanno? Se lo raccolgono a numero otto intorno al pollice e al mignolo della mano sinistra, prima d'incartarlo... Guardo il cliente o la cliente che escono dalla bottega con l'involto o appeso al dito o in mano o sotto il braccio... li seguo con gli occhi, finché non li perdo di vista... immaginando... Uh, quante cose immagino! Lei non può farsene un'idea. Ma mi serve. Mi serve questo.»

«Le serve? Scusi... che cosa?»

«Attaccarmi così, dico con l'immaginazione... attaccarmi alla vita, come un rampicante attorno alle sbarre d'una cancellata. Ah, non lasciarla mai posare un momento l'immaginazione... aderire, aderire con essa, continuamente, alla vita degli altri... ma non della gente che conosco. No no. A quella non potrei! Ne provo un fastidio, se sapesse... una nausea... Alla vita degli estranei, intorno ai quali la mia immaginazione può lavorare liberamente, ma non a capriccio, anzi tenendo conto delle minime apparenze scoperte in questo e in quello. E sapesse quanto e come lavora! Fino a quanto riesco ad addentrarmi! Vedo la casa di questo e di quello, ci vivo, ci respiro, fino ad avvertire... sa quel particolare alito che cova in ogni casa? Nella sua nella mia... Ma nella nostra, noi, non l'avvertiamo più perché è l'alito stesso della nostra vita, mi spiego? Eh, vedo che lei dice di sì...»

«Sì, perché... dico, dev'essere un bel piacere, questo che lei prova, immaginando tante cose...»

«Piacere? Io?»

«Già... mi figuro...»

«Ma che piacere! Mi dica un po'. È stato mai a consulto da qualche medico bravo?»

«Io no, perché? Non sono mica malato!»

«No no! Glielo domando per sapere se ha mai veduto in casa di questi medici bravi la sala dove i clienti stanno ad aspettare il loro turno per esser visitati.»

«Ah, sì... mi toccò una volta accompagnare una mia figliuola che soffriva di nervi.»

«Bene. Non voglio sapere. Dico, quelle sale... Ci ha fatto attenzione? Quei divani di stoffa scura, di foggia antica... quelle seggiole imbottite, spesso scompagne... quelle poltroncine... È roba comprata di combinazione, roba di rivendita, messa lì per i clienti; non appartiene mica alla casa. Il signor dottore ha per sé, per le amiche della sua signora, un ben altro salotto, ricco, splendido. Chi sa come striderebbe qualche seggiola, qualche poltroncina di quel salotto portata qua nella sala dei clienti, a cui basta quell'arredo così, alla buona. Vorrei sapere se lei, quando andò per la sua figliuola, guardò attentamente la poltrona o la seggiola su cui stette seduto, aspettando.»

«Io no, veramente...»

«Eh già, perché lei non era malato... Ma neanche i malati spesso ci badano, compresi come sono del loro male. Eppure, quante volte certuni stan lì intenti a guardarsi il dito che fa segni vani sul bracciuolo lustro di quella poltrona su cui stan seduti! Pensano e non vedono. Ma che effetto fa, quando poi si esce dalla visita, riattraversando la sala, il riveder la seggiola su cui poc'anzi, in attesa della sentenza sul nostro male ancora ignoto, stavamo seduti! Ritrovarla occupata da un altro cliente, anch'esso col suo male nascosto; o là, vuota, impassibile, in attesa che un altro qualsiasi venga a occuparla... Ma che dicevamo? Ah, già... il piacere dell'immaginazione... Chi sa perché, ho pensato subito a una seggiola di queste sale di medici, dove i clienti stanno in attesa del consulto...»

«Già... veramente...»

«Non capisce? Neanche io. Ma è che certi richiami di immagini, tra loro lontane, sono così particolari a ciascuno di noi, e determinati da ragioni ed esperienze così singolari, che l'uno non intenderebbe più l'altro se, parlando, non ci vietassimo di farne uso. Niente di più illogico, spesso, di queste analogie. Ma la relazione, forse, può esser questa, guardi: avrebbero piacere quelle seggiole d'immaginare chi sia il cliente che viene a seder su loro in attesa del consulto? Che male covi dentro? Dove andrà, che farà dopo la visita? Nessun piacere. E così io: nessuno! Vengono tanti clienti, ed esse sono là, povere seggiole, per essere occupate. Ebbene, è anche un'occupazione simile la mia. Ora mi occupa questo, ora quello. In questo momento mi sta occupando lei, e creda che non provo nessun piacere del treno che ha perduto, della famiglia che l'aspetta in villeggiatura, di tutti i fastidii che posso supporre in lei...»

«Uh, tanti, sa!»

«Ringrazii Dio, se sono fastidii soltanto. C'è chi ha di peggio, caro signore. Io le dico che ho bisogno d'attaccarmi con l'immaginazione alla vita altrui, ma così, senza piacere, senza punto interessarmene, anzi... anzi... per sentirne il fastidio, per giudicarla sciocca e vana, la vita, cosicché veramente non debba importare a nessuno di finirla. E questo è da dimostrare bene, sa? Con prove ed esempii continui a noi stessi, implacabilmente. Perché, caro signore, non sappiamo da che cosa sia fatto, ma c'è, c'è, ce lo sentiamo tutti qua, come un'angoscia nella gola, il gusto della vita, che non si soddisfa mai, che non si può mai soddisfare, perché la vita, nell'atto stesso che la viviamo, è così sempre ingorda di se stessa, che non si lascia assaporare. Il sapore è nel passato, che ci rimane vivo dentro. Il gusto della vita ci viene di là, dai ricordi che ci tengono legati. Ma legati a che cosa? A questa sciocchezza qua... a queste noie... a tante stupide illusioni... insulse occupazioni... Sì sì. Questa che ora qua è una sciocchezza...

questa che ora qua è una noia... e arrivo finanche a dire questa che ora è per noi una sventura, una vera sventura... sissignori, a distanza di quattro, cinque, dieci anni, chi sa che sapore acquisterà... che gusto, queste lagrime... E la vita, perdio, al solo pensiero di perderla... specialmente quando si sa che è questione di giorni... Ecco... vede là? Dico là, a quel cantone... vede quell'ombra malinconica di donna? Ecco, s'è nascosta!»

«Come? Chi... chi è che...?»

«Non l'ha vista? S'è nascosta...»

«Una donna?»

«Mia moglie, già...»

«Ah! La sua signora?»

«Mi sorveglia da lontano. E mi verrebbe, creda, d'andarla a prendere a calci. Ma sarebbe inutile. È come una di quelle cagne sperdute, ostinate, che più lei le prende a calci, e più le si attaccano alle calcagna. Ciò che quella donna sta soffrendo per me, lei non se lo può immaginare. Non mangia, non dorme più... Mi viene appresso, giorno e notte, così... a distanza... E si curasse almeno di spolverarsi quella ciabatta che tiene in capo, gli abiti... Non pare più una donna, ma uno strofinaccio. Le si sono impolverati per sempre anche i capelli, qua sulle tempie; ed ha appena trentaquattro anni. Mi fa una stizza, che lei non può credere. Le salto addosso, certe volte, le grido in faccia "Stupida!" scrollandola. Si piglia tutto. Resta lì a guardarmi con certi occhi... con certi occhi che, le giuro, mi fa venire qua alle dita una selvaggia voglia di strozzarla. Niente. Aspetta che mi allontani per rimettersi a seguirmi. Ecco, guardi... sporge di nuovo il capo dal cantone...»

«Povera signora...»

«Ma che povera signora! Vorrebbe, capisce? Ch'io me ne stessi a casa, mi mettessi là fermo placido, come vuol lei, a prendermi tutte le sue più amorose e sviscerate cure... a goder dell'ordine perfetto di tutte le stanze, della lindura di tutti i mobili, di quel silenzio di specchio che c'era prima in casa mia, misurato dal tic-tac della pendola nel salotto da pranzo... Questo vorrebbe! Io domando ora a lei, per farle intendere l'assurdità... ma no, che dico l'assurdità! La macabra ferocia di questa pretesa, le domando se crede possibile che le case d'Avezzano, le case di Messina, sapendo del terremoto che di lì a poco le avrebbe sconquassate, avrebbero potuto starsene lì tranquille, sotto la luna, ordinate in fila lungo le strade e le piazze, obbedienti al piano regolatore della commissione edilizia municipale? Case, perdio, di pietra e travi, se ne sarebbero scappate! Immagini i cittadini d'Avezzano, i cittadini di Messina, spogliarsi tranquilli per mettersi a letto, ripiegare gli abiti, metter le scarpe fuori dell'uscio, e cacciandosi sotto le coperte godere del candor fresco delle lenzuola di bucato, con la coscienza che fra poche ore sarebbero morti... Le sembra possibile?»

«Ma forse la sua signora...»

«Mi lasci dire! Se la morte, signor mio, fosse come uno di quegl'insetti strani, schifosi, che qualcuno inopinatamente ci scopre addosso... Lei passa per via; un altro passante, all'improvviso, lo ferma e, cauto, con due dita protese, le dice: "Scusi, permette? Lei, egregio signore, ci ha la morte addosso". E con quelle due dita protese, gliela piglia e gliela butta via... Sarebbe magnifica! Ma la morte non è come uno di questi insetti schifosi. Tanti che passeggiano disinvolti e alieni, forse ce l'hanno addosso; nessuno la vede; ed essi pensano intanto tranquilli a ciò che faranno domani o doman l'altro. Ora io, caro signore, ecco... venga qua... qua, sotto questo lampione... venga... le faccio vedere una cosa... Guardi qua, sotto questo baffo... qua, vede che bel tubero violaceo? Sa come si chiama questo? Ah, un nome dolcissimo... più dolce d'una caramella: *epitelioma*, si chiama. Pronunzii, pronunzii... sentirà che dolcezza: *epiteli-o-ma*... La morte, capisce? È passata. M'ha ficcato questo fiore in bocca e m'ha detto: "Tientelo, caro: ripasserò fra otto o dieci mesi!". Ora mi dica lei, se, con questo fiore in bocca, io me ne posso stare a casa tranquillo e alieno, come quella disgraziata vorrebbe. Le grido: "Ah sì, e vuoi che ti baci?", "*Sì, baciami!*". Ma sa che ha fatto? Con uno spillo, l'altra settimana s'è fatto uno sgraffio qua, sul labbro, e poi m'ha preso la testa: mi voleva baciare... baciare in bocca... Perché dice che vuol morire con me. È pazza. A casa io non ci sto. Ho bisogno di starmene dietro le vetrine delle botteghe, io ad ammirare la bravura dei giovani di negozio. Perché lei lo capisce, se mi si fa un momento di vuoto dentro... lei lo capisce, posso anche ammazzare come niente tutta la vita in uno che non conosco... cavare la rivoltella e ammazzare uno che, come lei, per disgrazia, abbia perduto il treno... No no, non tema, caro signore: io scherzo! Me ne vado. Ammazzerei me, se mai... Ma ci sono, di questi giorni, certe buone albicocche... Come le mangia lei? Con tutta la buccia, è vero? Si spaccano a metà: si premono con due dita, per lungo, come due labbra succhiose... Ah che delizia! «Mi ossequii la sua egregia signora e anche le sue figliuole in villeggiatura. Me le immagino vestite di bianco e celeste, in un bel prato verde in ombra... E mi faccia un piacere, domattina, quando arriverà. Mi figuro che il paesello disterà un poco dalla stazione... All'alba lei può far la strada a piedi. Il primo cespuglietto d'erba su la proda. Ne conti i fili per me. Quanti fili saranno, tanti giorni ancora io vivrò. Ma lo scelga bello grosso, mi raccomando. Buona notte, caro signore.»

Quand'ho qualcuna attorno, non la guardo mai; ma sento che mi guarda lei, mi guarda, mi guarda senza staccarmi un momento gli occhi d'addosso.

Vorrei farle intendere, a quattr'occhi, che non è nulla; che stia tranquilla; che non potevo permettermi con altri questo breve atto, che per lei non ha alcuna importanza e per me è tutto. Lo compio ogni giorno al momento opportuno, nel massimo segreto, con spaventosa gioia, perché vi assaporo, tremando, la voluttà d'una divina, cosciente follia, che per un attimo mi libera e mi vendica di tutto.

Dovevo essere sicuro (e la sicurezza mi parve di poterla avere solamente con lei) che questo mio atto non fosse scoperto. Giacché, se scoperto, il danno che ne verrebbe, e non soltanto a me, sarebbe incalcolabile. Sarei un uomo finito. Forse m'acchiapperebbero, mi legherebbero e mi trascinerebbero, atterriti, in un ospizio di matti.

Il terrore da cui tutti sarebbero presi, se questo mio atto fosse scoperto, ecco, lo leggo ora negli occhi della mia vittima.

Sono affidati a me la vita, l'onore, la libertà, gli averi di gente innumerevole che m'assedia dalla mattina alla sera per avere la mia opera, il mio consiglio, la mia assistenza; d'altri doveri altissimi sono gravato, pubblici e privati: ho moglie e figli, che spesso non sanno essere come dovrebbero, e che perciò hanno bisogno d'esser tenuti a freno di continuo dalla mia autorità severa, dall'esempio costante della mia obbedienza inflessibile e inappuntabile a tutti i miei obblighi, uno più serio dell'altro, di marito, di padre, di cittadino, di professore di diritto, d'avvocato. Guai, dunque, se il mio segreto si scoprisse!

La mia vittima non può parlare, è vero. Tuttavia, da qualche giorno, non mi sento più sicuro. Sono costernato e inquieto. Perché, se è vero che non può parlare, mi guarda, mi guarda con tali occhi e in questi occhi è così chiaro il terrore, che temo qualcuno possa da un momento all'altro accorgersene, essere indotto a cercarne la ragione.

Sarei, ripeto, un uomo finito. Il valore dell'atto ch'io compio, può essere stimato e apprezzato solamente da quei pochissimi, a cui la vita si sia rivelata come d'un tratto s'è rivelata a me.

Dirlo e farlo intendere, non è facile. Ma proverò.

Ritornavo, quindici giorni or sono, da Perugia, ove mi ero recato per affari della mia professione.

Uno degli obblighi miei più gravi è quello di non avvertire la stanchezza che m'opprime, il peso enorme di tutti i doveri che mi sono e mi hanno imposto, e di non indulgere minimamente al bisogno di un po' di distrazione, che la mia mente affaticata di tanto in tanto reclama. L'unica che mi possa concedere, quando mi vince troppo la stanchezza per una briga a cui attendo da tempo, è quella di volgermi a un'altra nuova.

M'ero perciò portate in treno, nella busta di cuoio, alcune carte nuove da studiare. A una prima difficoltà incontrata nella lettura, avevo alzato gli occhi e li avevo volti verso il finestrino della vettura. Guardavo fuori, ma non vedevo nulla, assorto in quella difficoltà.

Veramente non potrei dire che non vedessi nulla. Gli occhi vedevano; vedevano e forse godevano per conto loro della grazia e della soavità della campagna umbra. Ma io, certo, non prestavo attenzione a ciò che gli occhi vedevano.

Se non che, a poco a poco, cominciò ad allentarsi in me quella che prestavo alla difficoltà che m'occupava, senza che per questo, intanto, mi s'avvistasse di più lo spettacolo della campagna, che pur mi passava sotto gli occhi limpido, lieve, riposante.

Non pensavo a ciò che vedevo e non pensai più a nulla: restai, per un tempo incalcolabile, come in una sospensione vaga e strana, ma pur chiara e placida. Ariosa. Lo spirito mi s'era quasi alienato dai sensi, in una lontananza infinita, ove avvertiva appena, chi sa come, con una delizia che non gli pareva sua, il brulichio d'una vita diversa, non sua, ma che avrebbe potuto esser sua, non qua, non ora, ma là, in quell'infinita lontananza; d'una vita remota, che forse era stata sua, non sapeva come né quando; di cui gli alitava il ricordo indistinto non d'atti, non d'aspetti, ma quasi di desiderii prima svaniti che sorti; con una pena di non essere, angosciosa, vana e pur dura, quella stessa dei fiori, forse, che non han potuto sbocciare; il brulichio, insomma, di una vita che era da vivere, là lontano lontano, donde accennava con palpiti e guizzi di luce; e non era nata; nella quale esso, lo spirito, allora, sì, ah, tutto intero e pieno si sarebbe ritrovato; anche per soffrire, non per godere soltanto, ma di sofferenze veramente sue.

Gli occhi a poco a poco mi si chiusero, senza che me n'accorgessi, e forse seguitai nel sonno il sogno di quella vita che non era nata. Dico forse, perché, quando mi destai, tutto indolenzito e con la bocca amara, acre e arida, già prossimo all'arrivo, mi ritrovai d'un tratto in tutt'altro animo, con un senso d'atroce afa della vita, in un tetro, plumbeo attonimento, nel quale gli aspetti delle cose più consuete m'apparvero come votati di ogni senso, eppure, per i miei occhi, d'una gravezza crudele, insopportabile.

Con quest'animo scesi alla stazione, montai sulla mia automobile che m'attendeva all'uscita, e m'avviai per ritornare a casa.

Ebbene, fu nella scala della mia casa; fu sul pianerottolo innanzi alla mia porta.

Io vidi a un tratto, innanzi a quella porta scura, color di bronzo, con la targa ovale, d'ottone, su cui è inciso il mio nome, preceduto dai miei titoli e seguito da' miei attributi scientifici e professionali, vidi a un tratto, come da fuori, me stesso e la mia vita, ma per non riconoscermi e per non riconoscerla come mia.

Spaventosamente d'un tratto mi s'impose la certezza, che l'uomo che stava davanti a quella porta, con la busta di cuoio sotto il braccio, l'uomo che abitava là in quella casa, non ero io, non ero stato mai io. Conobbi d'un tratto d'essere stato sempre come assente da quella casa, dalla vita di quell'uomo, non solo, ma veramente e propriamente da ogni vita. Io non avevo mai vissuto; non ero mai stato nella vita; in una vita, intendo, che potessi riconoscer mia, da me voluta e sentita come mia. Anche il mio stesso corpo, la mia figura, quale adesso improvvisamente m'appariva, così vestita, così messa su, mi parve estranea a me; come se altri me l'avesse imposta e combinata, quella figura, per farmi muovere in una vita non mia, per farmi compiere in quella vita, da cui ero stato sempre assente, atti di presenza, nei quali ora, improvvisamente, il mio spirito s'accorgeva di non essersi mai trovato, mai, mai! Chi lo aveva fatto così, quell'uomo che figurava me? Chi lo aveva voluto così? Chi così lo vestiva e lo calzava? Chi lo faceva muovere e parlare così? Chi gli aveva imposto tutti quei doveri uno più gravoso e odioso dell'altro? Commendatore, professore, avvocato, quell'uomo che tutti cercavano, che tutti rispettavano e ammiravano, di cui tutti volevan l'opera, il consiglio, l'assistenza, che tutti si disputavano senza mai dargli un momento di requie, un momento di respiro – ero io? Io? Propriamente? Ma quando mai? E che m'importava di tutte le brighe in cui quell'uomo stava affogato dalla mattina alla sera; di tutto il rispetto, di tutta la considerazione di cui godeva, commendatore, professore, avvocato, e della ricchezza e degli onori che gli erano venuti dall'assiduo scrupoloso adempimento di tutti quei doveri, dell'esercizio della sua professione?

Ed erano lì, dietro quella porta che recava su la targa ovale d'ottone il mio nome, erano lì una donna e quattro ragazzi, che vedevano tutti i giorni con un fastidio ch'era il mio stesso, ma che in loro non potevo tollerare, quell'uomo insoffribile che dovevo esser io, e nel quale io ora vedevo un estraneo a me, un nemico. Mia moglie? I miei figli? Ma se non ero stato mai io, veramente, se veramente non ero io (e lo sentivo con spaventosa certezza) quell'uomo insoffribile che stava davanti alla porta; di chi era moglie quella donna, di chi erano figli quei quattro ragazzi? Miei, no! Di quell'uomo, di quell'uomo che il mio spirito, in quel momento, se avesse avuto un corpo, il suo vero corpo, la sua vera figura, avrebbe preso a calci o afferrato, dilacerato, distrutto, insieme con tutte quelle brighe, con tutti quei doveri e gli onori e il rispetto e la ricchezza, e anche la moglie, sì, fors'anche la moglie...

Ma i ragazzi?

Mi portai le mani alle tempie e me le strinsi forte.

No. Non li sentii miei. Ma attraverso un sentimento strano, penoso, angoscioso, di loro, quali essi erano fuori di me, quali me li vedevo ogni giorno davanti, che avevano bisogno di me, delle mie cure, del mio consiglio, del mio lavoro; attraverso questo sentimento e col senso d'atroce afa col quale m'ero destato in treno, mi sentii rientrare in quell'uomo insoffribile che stava davanti alla porta.

Trassi di tasca il chiavino; aprii quella porta e rientrai anche in quella casa e nella vita di prima.

Ora la mia tragedia è questa. Dico mia, ma chi sa di quanti!

Chi vive, quando vive, non si vede: vive... Se uno può vedere la propria vita, è segno che non la vive più: la subisce, la trascina. Come una cosa morta, la trascina. Perché ogni forma è una morte.

Pochissimi lo sanno; i più, quasi tutti, lottano, s'affannano per farsi, come dicono, uno stato, per raggiungere una forma; raggiuntala, credono d'aver conquistato la loro vita, e cominciano invece a morire. Non lo sanno, perché non si vedono; perché non riescono a staccarsi più da quella forma moribonda che hanno raggiunta; non si conoscono per morti e credono d'esser vivi. Solo si conosce chi riesca a veder la forma che si è data o che gli altri gli hanno data, la fortuna, i casi, le condizioni in cui ciascuno è nato. Ma se possiamo vederla, questa forma, è segno che la nostra vita non è più in essa: perché se fosse, noi non la vedremmo: la vivremmo, questa forma, senza vederla, e morremmo ogni giorno di più in essa, che è già per sé una morte, senza conoscerla. Possiamo dunque vedere e conoscere soltanto ciò che di noi è morto. Conoscersi è morire.

Il mio caso è anche peggiore. Io vedo non ciò che di me è morto; vedo che non sono mai stato vivo, vedo la forma che gli altri, non io, mi hanno data, e sento che in questa forma la mia vita, una mia vera vita, non c'è stata mai. Mi hanno preso come una materia qualunque, hanno preso un cervello, un'anima, muscoli, nervi, carne, e li hanno impastati e foggiati a piacer loro, perché compissero un lavoro, facessero atti, obbedissero a obblighi, in cui io mi cerco e non mi trovo. E grido, l'anima mia grida dentro questa forma morta che mai non è stata mia: «Ma come? Io, questo? Io, così? Ma quando mai?». E ho nausea, orrore, odio di questo che non sono io, che non sono stato mai io; di questa forma morta, in cui sono prigioniero, e da cui non mi posso liberare. Forma gravata di doveri, che non sento miei, oppressa da brighe di cui non m'importa nulla, fatta segno d'una considerazione di cui non so che farmi; forma che è questi doveri, queste brighe, questa considerazione, fuori di me, sopra di me: cose vuote, cose morte che mi pesano addosso, mi soffocano, mi schiacciano e non mi fanno più respirare.

Liberarmi? Ma nessuno può fare che il fatto sia come non fatto, e che la morte non sia, quando ci ha preso e ci tiene.

Ci sono i fatti. Quando tu, comunque, hai agito, anche senza che ti sentissi e ti ritrovassi, dopo, negli atti compiuti; quello che hai fatto resta, come una prigione per te. E come spire e tentacoli t'avviluppano le conseguenze delle tue azioni. E ti grava attorno come un'aria densa, irrespirabile la responsabilità, che per quelle azioni e le conseguenze di esse, non volute o non prevedute, ti sei assunta. E come puoi più liberarti? Come potrei io nella prigione di questa forma non mia, ma che rappresenta me quale sono per tutti, quali tutti mi conoscono e mi vogliono e mi rispettano, accogliere e muovere una vita diversa, una mia vera vita? Una vita in una forma che sento morta, ma che deve sussistere per gli altri, per tutti quelli che l'hanno messa su e la vogliono così e non altrimenti? Dev'essere questa, per forza. Serve così, a mia moglie, ai miei figli, alla società, cioè ai signori studenti universitari della facoltà di legge, ai signori clienti che m'hanno affidato la vita, l'onore, la libertà, gli averi. Serve così, e non posso mutarla, non posso prenderla a calci e levarmela dai piedi; ribellarmi, vendicarmi, se non per un attimo solo, ogni giorno, con l'atto che compio nel massimo segreto, cogliendo con trepidazione e circospezione infinita il momento opportuno, che nessuno mi veda.

Ecco. Ho una vecchia cagna lupetta, da undici anni per casa, bianca e nera, grassa, bassa e pelosa, con gli occhi già appannati dalla vecchiaia.

Tra me e lei non c'erano mai stati buoni rapporti. Forse, prima, essa non approvava la mia professione, che non permetteva si facessero rumori per casa; s'era messa però ad approvarla a poco a poco, con la vecchiaia; tanto che, per sfuggire alla tirannia capricciosa dei ragazzi, che vorrebbero ancora ruzzare con lei giù nel giardino, aveva preso da un pezzo il partito di rifugiarsi qua nel mio studio da mane a sera, a dormire sul tappeto col musetto aguzzo tra le zampe. Tra tante carte e tanti libri, qua, si sentiva protetta e sicura. Di tratto in tratto schiudeva un occhio a guardarmi, come per dire:

«Bravo, sì, caro: lavora; non ti muovere di lì, perché è sicuro che, finché stai lì a lavorare, nessuno entrerà qui a disturbare il mio sonno».

Così pensava certamente la povera bestia. La tentazione di compiere su lei la mia vendetta mi sorse, quindici giorni or sono, all'improvviso, nel vedermi guardato così.

Non le faccio male; non le faccio nulla. Appena posso, appena qualche cliente mi lascia libero un momento, mi alzo cauto, pian piano, dal mio seggiolone, perché nessuno s'accorga che la mia sapienza temuta e ambita, la mia sapienza formidabile di professore di diritto e d'avvocato, la mia austera dignità di marito, di padre, si siano per poco staccate dal trono di questo seggiolone; e in punta di piedi mi reco all'uscio a spiare nel corridoio, se qualcuno non sopravvenga; chiudo l'uscio a chiave, per un momento solo; gli occhi mi sfavillano di gioia, le mani mi ballano dalla voluttà che sto per concedermi, d'esser pazzo, d'esser pazzo per un attimo solo, d'uscire per un attimo solo dalla prigione di questa forma morta, di distruggere, d'annientare per un attimo solo, beffardamente, questa sapienza, questa dignità che mi soffoca e mi schiaccia; corro a lei, alla cagnetta che dorme sul tappeto; piano, con garbo, le prendo le due zampine di dietro e *le faccio fare la carriola*: le faccio muovere cioè otto o dieci passi, non più, con le sole zampette davanti, reggendola per quelle di dietro.

Questo è tutto. Non faccio altro. Corro subito a riaprire l'uscio adagio adagio, senza il minimo cricchio, e mi rimetto in trono, sul seggiolone, pronto a ricevere un nuovo cliente, con l'austera dignità di prima, carico come un cannone di tutta la mia sapienza formidabile.

Ma, ecco, la bestia, da quindici giorni, rimane come basita a mirarmi, con quegli occhi appannati, sbarrati dal terrore. Vorrei farle intendere – ripeto – che non è nulla; che stia tranquilla, che non mi guardi così.

Comprende, la bestia, la terribilità dell'atto che compio.

Non sarebbe nulla, se per scherzo glielo facesse uno dei miei ragazzi. Ma sa ch'io non posso scherzare; non le è possibile ammettere che io scherzi, per un momento solo; e seguita maledettamente a guardarmi, atterrita.

CINCI

Un cane, davanti una porta chiusa, s'accula paziente aspettando che gli s'apra; al più, alza ogni tanto una zampa e la gratta, emettendo qualche sommesso guaito.

Cane, sa che non può fare di più.

Di ritorno dalle lezioni del pomeriggio, Cinci, col fagotto dei libri e dei quaderni legati con la cinghia sotto il braccio, trova il cane lì davanti alla porta e, irritato da quell'attesa paziente – un calcio; calci anche alla porta, pur sapendo che è chiusa a chiave e che in casa non c'è nessuno; alla fine, ciò che gli pesa di più, quel fagotto di libri, rabbiosamente per sbarazzarsene lo scaraventa contro la porta, come se attraverso il legno possa passare e andare a finir dentro casa. La porta, invece, con la stessa forza glielo rimanda subito sul petto. Cinci ne resta sorpreso, come d'un bel gioco che la porta gli abbia proposto, e rilancia il fagotto. Allora, poiché già sono in tre a giocare, Cinci il fagotto e la porta, ci si mette anche il cane e springa a ogni lancio, a ogni rimbalzo, abbaiando. Qualche passante si ferma a guardare: chi sorride, quasi avvilito della sciocchezza di quel gioco e del cane che ci si diverte; chi s'indigna per quei poveri libri; costano danari; non dovrebbe esser lecito trattarli con tanto disprezzo. Cinci leva lo spettacolo; a terra il fagotto e, strisciando con la schiena sul muro, ci si cala a sedere; ma il fagotto gli sguscia di sotto e lui sbatte a sedere in terra; fa un sorriso balordo e si guarda attorno, mentre il cane salta indietro e lo mira.

Tutte le diavolerie che gli passano per il capo Cinci le dà quasi a vedere in quei ciuffi scompigliati dei suoi capelli di stoppa e negli occhi verdi aguzzi che sembrano vermicarne. È nell'età sgraziata della crescenza, ispido e giallo. Tornando a scuola, quel pomeriggio, ha dimenticato a casa il fazzoletto, per cui ora, di tanto in tanto, lì seduto a terra, sorsa col naso. Si fa venire quasi sulla faccia le ginocchia enormi delle grosse gambe scoperte, perché porta ancora, e non dovrebbe più, i calzoni corti. Butta sbiechi i piedi, camminando; e non ci sono scarpe che gli durino; queste che ha ai piedi sono già rotte. Ora, stufo, s'abbraccia le gambe, sbuffa e si tira su con la schiena contro il muro. Si leva anche il cane e pare gli domandi dove si vada adesso. Dove? In campagna, a far merenda, rubando qualche fico o qualche mela. È un'idea; non ne è ancora ben sicuro.

Il lastricato della strada finisce lì, dopo la casa; poi comincia la via sterrata del sobborgo che conduce in fondo in fondo alla campagna. Chi sa che bella sensazione deve provarsi, andando in carrozza, quando i ferri dei cavalli e le ruote passano dal duro del lastricato strepitoso al molle silenzioso dello sterrato. Sarà forse come quando il professore, dopo aver tanto sgridato perché lui l'ha fatto arrabbiare, tutt'a un tratto si mette a parlargli con una molle bontà soffusa di rassegnata malinconia, che tanto più gli piace quanto più l'allontana dal temuto castigo. Sì, andare in campagna; uscire dallo stretto delle ultime case di quel puzzolente sobborgo, fin dove la via allarga laggiù nella piazzetta all'uscita del paese. C'è ora l'ospedale nuovo laggiù, i cui muri intonacati di calce sono ancora così bianchi che al sole bisogna chiudere gli occhi, da come accecano. Vi hanno trasportato ultimamente tutti gli ammalati che erano nel vecchio, con le ambulanze e le lettighe; è parsa quasi una festa, vederne tante in fila; le ambulanze avanti, con tutte le tele svolazzanti ai finestrini; e, per gli ammalati più gravi, quelle belle lettighe traballanti sulle molle, come ragni. Ma ora è tardi; il sole sta per tramontare, e qua e là ai finestroni non staranno più affacciati i convalescenti, in camice grigio e zucchetto bianco, a guardare con tristezza la chiesina vecchia dirimpetto, che sorge là tra poche altre case, vecchie anch'esse, e qualche albero. Dopo quella piazzetta la strada si fa di campagna e monta alla costa del poggio.

Cinci si ferma; torna a sbuffare. Ci deve andare davvero? Si riavvia svogliato, perché comincia a sentirsi ribollire nelle viscere tutto il cattivo che gli viene da tante cose che non sa spiegarsi: sua madre, come viva, di che viva, sempre fuori di casa, e ostinata a mandarlo ancora a scuola; maledetta, così lontana: ogni giorno, a volare, almeno tre quarti d'ora, di quaggiù dove sta, per arrivarci; e poi per tornare a mezzogiorno; e poi di nuovo per ritornarci, finito che ha di buttar giù due bocconi; come fare a tempo? E sua madre dice che il tempo gli passa a giocare col cane, e che è un bighellone, e insomma a sbattergli in faccia sempre le stesse cose: che non studia, che è sudicio, che se lo manda a comprare qualcosa, la peggio roba l'appiccicano a lui...

Dov'è *Fox*?

Eccolo: gli trotta dietro, povera bestia. Eh, lui almeno lo sa che cosa deve fare: seguire il suo padrone. Fare qualche cosa: la smania è proprio questa: non sapere che cosa. Potrebbe pur lasciargliela, sua madre, la chiave, quando va a cucire a giornata, come gli dà a intendere, nelle case dei signori. Ma no, dice che non si fida, e che al suo ritorno dalla scuola, se lei non è rincasata, poco potrà tardare, e che dunque la aspetti. Dove? Lì fermo davanti alla porta? Certe volte ha aspettato perfino due ore, al freddo, e anche sotto la pioggia; e apposta allora, in luogo di ripararsi, è andato al cantone a pigliarsi lo sgrondo, per farsi trovare da lei tutto intinto da strizzare. Vederla alla fine arrivare, affannata, con un ombrello prestato, il volto in fiamme, gli occhi lustri sfuggenti, e così nervosa che non trova neanche più la chiave nella borsetta.

«Ti sei bagnato? Abbi pazienza, ho dovuto far tardi.»

Cinci aggrotta le ciglia. A certe cose non vuol pensare. Ma suo padre, lui, non l'ha conosciuto; gli è stato detto che è morto, prima ancora che lui nascesse; ma chi era non gli è stato detto; e ora lui non vuole più né domandarlo né saperlo. Può essere anche quell'accidentato che si trascina perso da una parte – sì, bravo – ancora alla taverna. *Fox* gli si para davanti e gli abbaia. Gli farà impressione la stampella. Ed ecco qua tutte queste donne a crocchio, con tanto di pancia senz'esser gravide; forse una sì; quella con la sottana rizzata davanti un palmo dal suolo e che dietro spazza la strada; e quest'altra col bambino in braccio che ora cava dal busto... ah, peuh, che pellancica! La sua mamma è bella, ancora tanto giovane, e a lui bambino il latte, così dal seno, lo diede anche lei, forse in una casa di campagna, in un'aia, al sole. Ha il ricordo vago d'una casa di campagna, Cinci, dove forse, se non l'ha sognata, abitò nell'infanzia, o che forse vide allora in qualche parte, chi sa dove. Certo ora, a guardarle da lontano, le case di campagna, sente la malinconia che deve invaderle quando comincia a farsi sera, col lume che vi s'accende a petrolio, di quelli che si portano a mano da questa stanza a quella, che si vedono scomparire da una finestra e ricomparire dall'altra.

È arrivato alla piazzetta. Ora si vede tutta la cala del cielo dove il tramonto s'è già ammorzato, e sopra il poggio, che pare nero, il celeste tenero tenero. Sulla terra è già l'ombra della sera, e il grande muro bianco dell'ospedale è illividito. Qualche vecchia in ritardo s'affretta alla chiesina per il Vespro. Cinci d'improvviso s'invoglia d'entrarci anche lui, e *Fox* si ferma a guardarlo, perché sa bene che a lui non è permesso. Davanti all'entrata la vecchina in ritardo s'affanna e pigola alle prese col coltrone di cuoio troppo pesante. Cinci l'aiuta a sollevarlo, ma quella, invece di ringraziarlo, lo guarda male, perché capisce che non entra in chiesa per divozione. La chiesina ha il rigido d'una grotta; sull'altare maggiore i guizzi baluginanti di due ceri e qua e là qualche lampadino smarrito. Ha preso tanta polvere, povera chiesina, per la vecchiaia; e la polvere sa d'appassito in quella cruda umidità; il silenzio tenebroso pare che stia con tutti gli echi in agguato d'ogni minimo rumore. Cinci ha la tentazione di gettare un bercio per farli tutti sobbalzare. Le beghine si sono infilate nelle panche, ciascuna al suo posto. Il bercio no, ma gettare a terra quel fagotto di libri che gli pesa, come se gli cadesse per caso di mano, perché no? Lo getta, e subito gli echi saltano addosso al colpo che rintrona e lo schiacciano, quasi con dispetto. Questa dell'eco che salta addosso a un rumore come un cane infastidito nel sonno e lo schiaccia, è un'esperienza che Cinci ha fatta con gusto altre volte. Non bisogna abusare della pazienza delle povere beghine scandalizzate. Esce dalla Chiesina; ritrova *Fox* pronto a seguirlo e riprende la strada che sale al poggio. Qualche frutto da addentare bisogna che lo trovi, scavalcando più là una muriccia e buttandosi tra gli alberi. Ha lo struggimento; ma non sa propriamente se per bisogno di mangiare o per quella smania che gli s'è messa allo stomaco, di fare qualche cosa.

Strada di campagna, in salita, solitaria; ciottoli che gli asinelli alle volte si prendono tra gli zoccoli e fanno ruzzolare per un tratto e poi, dove si fermano, stanno; eccone uno lì: un colpo con la punta della scarpa: godi, vola! Erba che spunta sulle prode o a piè delle muricce, lunghi fili d'avena impennacchiati che fa piacere brucare: tutti i pennacchietti restano a mazzo nelle dita; si gettano addosso a qualcuno, e quanti se n'attaccano, tanti mariti (se è una donna) prenderà, e tante mogli se un uomo. Cinci vuol far la prova su *Fox*. Sette mogli, nientemeno. Ma non è prova, perché sul pelo nero di Fox son rimasti impigliati tutti quanti. E *Fox*, vecchio stupido, ha chiuso gli occhi ed è rimasto, senza capir lo scherzo, con quelle sette mogli addosso.

Non ha più voglia d'andare avanti, Cinci. È stanco e seccato. Si tira a sedere sulla muriccia a manca della strada e di là si mette a guardare nel cielo la larva della luna che comincia appena appena a ravvivarsi d'un pallido oro nel verde che s'estenua nel crepuscolo morente. La vede e non la vede; come le cose che gli vagano nella mente e l'una si cangia nell'altra e tutte l'allontanano sempre più dal suo corpo lì seduto inerte, tanto che non se lo sente più; la sua stessa mano, se gli s'avvistasse, posata sul ginocchio, gli sembrerebbe quella d'un estraneo, o quel suo piede penzoloni nella scarpa rotta, sporca: non è più nel suo corpo, è nelle cose che vede e non vede, il cielo morente, la luna che s'accende, e là quelle masse cupe d'alberi che si stagliano nell'aria fatta vana, e qua la terra solla, nera, zappata da poco, da cui esala ancora quel senso d'umido corrotto nell'afa delle ultime giornate d'ottobre, ancora di sole caldo.

A un tratto, tutt'assorto com'è, chi sa che gli passa per le carni, stolta, e istintivamente alza la mano a un orecchio. Una risatina stride da sotto la muriccia. Un ragazzo della sua età, contadinotto, s'è nascosto laggiù, dalla parte della campagna. Ha strappato e brucato anche lui un lungo filo d'avena, gli ha fatto un cappio in cima e, zitto zitto, con esso, alzando il braccio, ha tentato d'accappiare a Cinci l'orecchio. Appena Cinci, risentito, si volta, subito quello gli fa cenno di tacere e tende il filo d'avena lungo la muriccia, dove tra una pietra e l'altra spunta il musetto d'una lucertola, a cui con quel cappio egli dà la caccia da un'ora. Cinci si sporge a guardare, ansioso. La bestiola, senz'accorgersene, ha infilato da sé il capo nel cappio lì appostato; ma ancora è poco; bisogna aspettare che lo sporga un tantino di più, e può darsi che invece lo ritragga, se la mano che regge il filo d'avena tremola e le fa avvertire l'insidia. Forse ora è sul punto d'assaettarsi per evadere da quel rifugio divenuto una prigione. Sì, sì; ma attenti allora a dare a tempo la stratta per accappiarla. È un attimo. Eccola! E la lucertola guizza come un pesciolino in cima a quel filo d'avena. Irresistibilmente Cinci salta giù dalla muriccia; ma l'altro, forse temendo che voglia impadronirsi della bestiola, rotea più volte in aria il braccio e poi la sbatte con ferocia su un lastrone che si trova lì tra gli sterpi. «No!» grida Cinci; ma è troppo tardi: la lucertola giace immobile su quel lastrone col bianco della pancia al lume della luna. Cinci se ne adira. Ha voluto sì, anche lui, che quella povera bestiola fosse presa, preso lui stesso per un momento da quell'istinto della caccia che è in tutti agguattato; ma ucciderla così, senza prima vederla da vicino, negli occhietti acuti fino allo spasimo, nel palpito dei fianchi, nel fremito di tutto il verde corpicciuolo; no, è stato stupido e vile. E Cinci avventa con tutta la forza un pugno in petto a quel ragazzo e lo manda a ruzzolare in terra tanto più lontano quanto più quegli, così tutto squilibrato indietro, tenta di riprendersi per non cadere. Ma caduto, subito si rizza inferocito, ghermisce un toffo di terra e lo scaglia in faccia a Cinci, che ne resta accecato e con quel senso d'umido in bocca che più gli sa di sfregio e l'imbestialisce. Prende anche lui di quella terra e la scaglia. Il duello si fa subito accanito. Ma l'altro è più svelto e più bravo; non fallisce colpo, e gli viene sempre più addosso, avanzando, con quei toffi di terra che, se non feriscono, percuotono sordi e duri e, sgretolandosi, sono come una grandinata da per tutto, in petto e sulla faccia tra i capelli agli orecchi e fin dentro le scarpe. Soffocato, non sapendo più come ripararsi e difendersi, Cinci, furibondo, si volta, spicca un salto e col braccio alzato strappa una pietra dalla muriccia. Qualcuno di là si ritrae: sarà *Fox*. Scagliata la pietra, d'un tratto – com'è? – da che tutto prima gli si sconvolgeva, balzandogli davanti agli occhi, quelle masse d'alberi, in cielo la luna come uno striscio di luce, ora ecco nulla si muove più, quasi che il tempo stesso e tutte le cose si siano fermati in uno stupore attonito intorno a quel ragazzo traboccato a terra. Cinci, ancora ansante e col cuore in gola, mira esterrefatto, addossato alla muriccia, quell'incredibile immobilità silenziosa della campagna sotto la luna, quel ragazzo che vi giace con la faccia mezzo nascosta nella terra, e sente crescere in sé formidabilmente il senso d'una solitudine eterna, da cui deve subito fuggire. Non è stato lui; lui non l'ha voluto; non ne sa nulla. E allora, proprio come se non sia stato lui, proprio come se s'appressi per curiosità, muove un passo e poi un altro, e si china a guardare. Il ragazzo ha la testa sfragellata, la bocca nel sangue colato a terra nero, una gamba un po' scoperta, tra il calzone che s'è ritirato e la calza di cotone. Morto, come da sempre. Tutto resta lì, come un sogno. Bisogna che lui se ne svegli per andar via in tempo. Lì, come in un sogno, quella lucertola arrovesciata sul lastrone, con la pancia alla luna e il filo di avena che pende ancora dal collo. Lui se ne va, col suo fagotto di libri di nuovo sotto il braccio, e *Fox* dietro, che anche lui non sa nulla.

A mano a mano che s'allontana, discendendo dal poggio, diviene sempre più così stranamente sicuro, che non s'affretta nemmeno. Arriva alla piazzetta deserta; c'è anche qui la luna; ma è un'altra, se ora qui rischiara, senza saper nulla, la bianca facciata dell'ospedale. Ecco ora la via del sobborgo, come prima. Arriva a casa: sua madre non è ancora rientrata. Non dovrà dunque dirle neppure dove è stato. È stato lì ad aspettarla. E questo, che ora diventa vero per sua madre, diventa subito vero anche per lui; difatti, eccolo con le spalle appoggiate al muro accanto alla porta.

Basterà che si faccia trovare così.

DI SERA, UN GERANIO

S'è liberato nel sonno, non sa come: forse come quando s'affonda nell'acqua, che si ha la sensazione che poi il corpo riverrà su da sé, e su invece riviene solamente la sensazione, ombra galleggiante del corpo rimasto giù.

Dormiva, e non è più nel suo corpo; non può dire che si sia svegliato; e in che cosa ora sia veramente, non sa; è come sospeso a galla nell'aria della sua camera chiusa.

Alienato dai sensi, ne serba più che gli avvertimenti il ricordo, com'erano; non ancora lontani ma già staccati: là l'udito, dov'è un rumore anche minimo nella notte; qua la vista, dov'è appena un barlume; e le pareti, il soffitto (come di qua pare polveroso) e giù il pavimento col tappeto, e quell'uscio, e lo smemorato spavento di quel letto col piumino verde e le coperte giallognole, sotto le quali s'indovina un corpo che giace inerte. La testa calva, affondata sui guanciali scomposti; gli occhi chiusi e la bocca aperta tra i peli rossicci dei baffi e della barba, grossi peli, quasi metallici; un foro secco, nero; e un pelo delle sopracciglia così lungo, che se non lo tiene a posto, gli scende sull'occhio.

Lui, quello! Uno che non è più. Uno a cui quel

corpo pesava già tanto. E che fatica anche il respiro! Tutta la vita, ristretta in questa camera; e sentirsi a mano a mano mancar tutto, e tenersi in vita fissando un oggetto, questo o quello, con la paura d'addormentarsi. Difatti poi, nel sonno...

Come gli suonano strane, in quella camera, le ultime parole della vita:

«Ma lei è di parere che, nello stato in cui sono ridotto, sia da tentare un'operazione così rischiosa?».

«Al punto in cui siamo, il rischio veramente...»

«Non è il rischio. Dico se c'è qualche speranza.»

«Ah, poca.»

«E allora...»

La lampada rosea, sospesa in mezzo alla camera, è rimasta accesa invano.

Ma dopo tutto, ora s'è liberato, e prova per quel suo corpo là, più che antipatia, rancore. Veramente non vide mai la ragione che gli altri dovessero riconoscere quell'immagine come la cosa più sua.

Non era vero. Non è vero.

Lui non era quel suo corpo; c'era anzi così poco; era nella vita lui, nelle cose che pensava, che gli s'agitavano dentro, in tutto ciò che vedeva fuori senza più vedere se stesso. Case strade cielo. Tutto il mondo.

Già, ma ora, senza più il corpo, è questa pena ora, è questo sgomento del suo disgregarsi e diffondersi in ogni cosa, a cui, per tenersi, torna a aderire ma, aderendovi, la paura di nuovo, non d'addormentarsi, ma del suo svanire nella cosa che resta là per sé, senza più lui. Oggetto: orologio sul comodino, quadretto alla parete, lampada rosea sospesa in mezzo alla camera.

Lui è ora quelle cose; non più com'erano, quando

avevano ancora un senso per lui; quelle cose che per se stesse non hanno alcun senso e che ora dunque non sono più niente per lui.

E questo è morire.

Il muro della villa. Ma come, n'è già fuori? La luna vi batte sopra; e giù è il giardino.

La vasca, grezza, è attaccata al muro di cinta. Il muro è tutto vestito di verde dalle roselline rampicanti.

L'acqua, nella vasca, piomba a stille. Ora è uno sbruffo di bolle. Ora è un filo di vetro, limpido, esile, immobile.

Com'è chiara quest'acqua nel cadere! Nella vasca diventa subito verde, appena caduta. È così esile il filo, così rade a volte le stille che a guardar nella vasca il denso volume d'acqua già caduta è come un'eternità di oceano.

A galla, tante foglioline bianche e verdi, appena ingiallite. E a fior d'acqua, la bocca del tubo di ferro dello scarico, che si berrebbe in silenzio il soverchio dell'acqua, se non fosse per queste foglioline che, attratte, vi fan ressa attorno. Il risucchio della bocca che s'ingorga è come un rimbrotto rauco a queste sciocche frettolose frettolose a cui par che tardi di sparire ingoiate, come se non fosse bello nuotar lievi e così bianche sul cupo verde vitreo dell'acqua. Ma se sono cadute! Se sono così lievi! E se ci sei tu, bocca di morte, che fai la misura!

Sparire.

Sorpresa che si fa di mano in mano più grande, infinita: l'illusione dei sensi, già sparsi, che a poco a poco si svuota di cose che pareva ci fossero e che invece non c'erano; suoni, colori, non c'erano; tutto freddo, tutto muto; era niente; e la morte, questo niente della vita com'era. Quel verde... Ah come, all'alba, lungo una proda, volle esser erba lui, una volta, guardando i cespugli e respirando la fragranza di tutto quel verde così fresco e nuovo! Groviglio di bianche radici vive abbarbicate a succhiar l'umore della terra nera. Ah come la vita è di terra, e non vuol cielo, se non per dare respiro alla terra! Ma ora lui è come la fragranza di un'erba che si va sciogliendo in questo respiro, vapore ancora sensibile che si dirada e vanisce, ma senza finire, senz'aver più nulla vicino; sì, forse un dolore; ma se può far tanto ancora di pensarlo, è già lontano, senza più tempo, nella tristezza infinita d'una così vana eternità.

Una cosa, consistere ancora in una cosa, che sia pur quasi niente, una pietra. O anche un fiore che duri poco: ecco, questo geranio...

«Oh guarda giù, nel giardino, quel geranio rosso. Come s'accende! Perché?»

Di sera, qualche volta, nei giardini s'accende così, improvvisamente, qualche fiore; e nessuno sa spiegarsene la ragione.

SOFFIO

Certe notizie sopravvengono così inattese che si resta lì per lì sbalorditi, e dallo sbalordimento pare non si trovi più modo a uscire se non ricorrendo a una delle frasi più fruste o delle considerazioni più ovvie.

Per esempio, quando il giovane Calvetti, segretario del mio amico Bernabò, m'annunziò la morte improvvisa del padre del Massari, da cui poco prima Bernabò e io eravamo stati a colazione, mi venne d'esclamare: «Ah la vita cos'è! Basta un soffio a portarsela via»; e congiunsi il pollice e l'indice d'una mano per soffiarci su, come a far volare una piuma che tenessi tra quelle due dita.

Vidi, a quel soffio, il giovane Calvetti farsi brusco in volto, poi piegare il busto e portarsi una mano al petto, come quando s'avverte dentro, e non si sa dove, un malessere indefinito; ma non ne feci caso, parendomi assurdo ammettere che quel malessere potesse dipendere dalla stupida frase che avevo detta e dal ridicolo gesto con cui, non contento d'averla detta, avevo anche voluto accompagnarla; pensai a qualche fitta o puntura ch'egli avesse avvertito, forse al fegato o al rene o agl'intestini, momentanea a ogni modo e senz'alcuna gravità. Senonché, prima di sera, mi piombò in casa costernatissimo Bernabò:

«Sai che m'è morto Calvetti?».

«Morto?»

«All'improvviso, nel pomeriggio.»

«Ma se nel pomeriggio era qua da me! Aspetta, che ora poteva essere? Saranno state le tre.»

«E alle tre e mezzo è morto!»

«Mezz'ora dopo?»

«Mezz'ora dopo.»

Lo guardai male, come se con quella conferma intendesse stabilire una relazione (ma quale?) tra la visita a me e la morte repentina del povero giovine. Ebbi come un impeto dentro, che mi forzò a respingere subito quella relazione, foss'anche fortuita, come un sospetto di rimorso che me ne potessi fare; e a trovare a quella morte una ragione estranea alla visita; e dissi al Bernabò dell'avvertimento improvviso del malessere che il giovine aveva avuto mentr'era ancora con me.

«Ah sì? Un malessere?»

«La vita cos'è! Basta un soffio a portarsela via.»

Ecco, ripetevo meccanicamente la frase perché, sotto sotto, il pollice e l'indice della mia mano destra s'eran toccati da sé, e da sé ora la mano, senza parere, mi si levava fino all'altezza delle labbra. Giuro che non fu tanto con la coscienza di darmi una riprova quanto piuttosto di fare a me stesso uno scherzo che solo così di nascosto, per non parer ridicolo, potevo fare: trovandomi quelle due dita davanti alla bocca, ci soffiai su, appena appena.

Bernabò era alterato in volto per la morte di quel suo giovane segretario a cui era molto affezionato; e tante volte, dopo aver corso o soltanto affrettato un po' il passo, corpulento, sanguigno e quasi senza collo, m'era venuto avanti ansimando e s'era anche portata la mano al petto per calmare il cuore e riprender fiato ora, vedendogli fare quello stesso gesto e udendogli dire che si sentiva soffocare e occupar la mente e la vista come da una strana tenebra, che cosa, in nome di Dio, dovevo credere?

Sull'istante, pur tutto smarrito e stravolto com'ero, mi gettai a soccorrere il povero amico piombato riverso e boccheggiante su una poltrona. Ma mi vidi respinto furiosamente; e allora finii per non comprendere proprio più nulla; mi sentii come gelare in una attonita apatia, e stetti a vederlo sussultare su quella poltrona di velluto rosso, che mi parve tutta di sangue, sussultare non più come un uomo ma come una bestia ferita, e smaniare il respiro, e diventare sempre più pavonazzo, quasi nero. Faceva leva con un piede sul tappeto, forse per rizzarsi da sé, ma si sfiniva in quello sforzo; come nell'incubo di un sogno, vedevo il tappeto scivolargli sotto, arricciandosi. Sull'altra gamba, storta sul bracciuolo della poltrona, il calzone tirato gli aveva scoperto la giarrettiera di seta, d'un color verdolino a righine rosa. Domando un po' di considerazione per la mia carità: tutta la mia inquietudine era come schiantata e sparsa qua e là, tanto che poteva come niente dimenticarsi, a un volger d'occhi, o nel fastidio che avevo sempre avuto dei miei brutti quadri appesi alle pareti, o anche nella curiosità che mi tratteneva lo sguardo, ecco, sul colore e le righine di quella giarrettiera. Tutt'a un tratto però mi ripresi, inorridito di essermi potuto in tal momento alienare fino a tanto, e urlai al mio cameriere che volasse a fermare davanti alla porta una vettura, e poi su ad aiutarmi a trasportare l'agonizzante a un ospedale o a casa.

Preferii a casa, perché più vicino. Non abitava solo; aveva con sé una sorella, maggiore di lui, non so se vedova o vecchia zitella, insoffribile per la puntigliosa meticolosità con cui lo governava. Allibita, la poverina, con le mani nei capelli: «Oh Dio, che è stato? Com'è stato?», e non voleva levarcisi dai piedi, che rabbia! Per sapere da me che era stato, com'era stato, proprio da me e proprio in quel momento che non ne potevo più, con tutte le scale che avevo fatte, salendo all'indietro, col peso enorme sulle braccia di quel corpo abbandonato. «Il letto! Il letto!» Pareva non lo sapesse più nemmeno lei, dove fosse il letto, a cui mi sembrò non s'arrivasse mai. Depostolo rantolante (ma rantolavo anch'io) mi buttai con le spalle, rifinito, a ridosso a una parete, e se non erano pronti a raccogliermi su una seggiola, cadevo giù tutto in un fascio sul pavimento. Col capo ciondolante, potei dire tuttavia al cameriere: «Un medico! Un medico!»; ma mi ricaddero le braccia al pensiero che ora restavo solo con la sorella, che certo m'avrebbe aggredito con altre domande. Mi salvò il silenzio che d'improvviso si fece sul letto, cessato il rantolo. Parve, per un attimo, silenzio di tutto il mondo, per il povero Bernabò rimasto lì sordo e inerte su quel letto. Subito si levarono le disperazioni della sorella. Ero annichilito. Come immaginare, non dico credere, che una tale enormità fosse possibile? Le mie idee non potevano più pigliar sesto. E in quello sconvolgimento mi pareva tanto curioso che quella poverina, suo fratello Giulio, come lo aveva sempre chiamato, ora ch'era lì morto, corpulenza immobile che non consentiva diminutivi, lo chiamasse proprio Giulietto! Giulietto! A un certo punto, scattai in piedi, esterrefatto. Il cadavere, come si fosse avuto a male di quel *Giulietto! Giulietto!* aveva risposto con un orribile brontolio dello stomaco. Toccò a me questa volta parar la sorella, che sarebbe cascata indietro a terra, svenuta dal terrore; mi svenne invece tra le braccia; e allora, tra lei svenuta e quel morto sul letto, senza più saper che fare né che pensare, mi sentii preso in un vortice di pazzia e cominciai a scrollare quella poverina, perché la finisse con quello svenimento ch'era proprio di più. Senonché, rinvenuta, non volle più credere che il fratello fosse morto. «Ha sentito? Non dev'esser morto! Non può essere morto!» Bisognò venisse il medico ad accertarlo e ad assicurarla che quel brontolio non era stato nulla, un po' di vento o non so che altro, che quasi tutti i morti sogliono fare. Allora lei, ch'era linda e ci teneva, fece un viso angustiato e si parò gli occhi con la mano, come se il medico le avesse detto che anche lei da morta lo avrebbe fatto.

Era quel medico uno di quei giovani calvi che portano quasi con dispettosa fierezza la loro precoce calvizie tra la violenza d'una selva di riccioli neri che, non si sa perché scomparsi dal sommo del capo, gremiscono poi tutt'intorno la testa. Con gli occhi di smalto armati da forti lenti da miope, alto, piuttosto grasso ma vigoroso, due cespuglietti di peli mozzati sotto il naso piccolo, le labbra tumide, accese e così ben segnate da parer dipinte, guardava con tal derisoria commiserazione l'ignoranza di quella povera sorella e parlava della morte con così disinvolta familiarità, quasi che avendo da fare di continuo con essa nessuno dei suoi casi gli potesse esser dubbio od oscuro, che alla fine un ghigno di scherno mi proruppe dalla gola irresistibilmente. Già mentre parlava, m'ero scorto per caso allo specchio dell'armadio e m'ero sorpreso con uno sguardo storto e freddo che subito m'era rientrato negli occhi strisciando come una serpe. E il pollice e l'indice della mia destra si premevano, si premevano così fortemente l'un contro l'altro, ch'eran come insorditi dallo spasimo della reciproca pressione. Appena egli a quel mio ghigno si voltò, gli mossi incontro, a petto, e, con la bocca atteggiata ancora di scherno nel pallore che mi aveva inteschiato il volto, gli sibilai: «Guardi», e gli mostrai le dita, «così! Lei che la sa così lunga sulla vita e la morte: ci soffi su, e veda se le riesce di farmi morire!». Si tirò indietro per squadrarmi, se non aveva da far con un pazzo. Ma io gli andai a petto di nuovo: «Basta un soffio, creda! Basta un soffio!». Lasciai lui e afferrai per un polso la sorella. «Lo faccia lei! Ecco, così!», e le portai la mano alla bocca, «congiunga due dita e ci soffi su!» La poverina, con gli occhi sbarrati, atterrita tremava tutta: mentre il medico, senza più pensare che lì sul letto c'era un morto, sghignazzava, divertito. «Non lo faccio più io, su voi, perché già lì ce n'è uno, e due con Calvetti per oggi! Ma bisogna che me ne scappi, me ne scappi subito, me ne scappi!»

E me ne scappai, davvero come un pazzo.

Appena sulla via, la pazzia si scatenò. S'era già fatto sera, e la via era affollatissima. Sobbalzavano dall'ombra tutte le case ai lumi che s'accendevano, la gente correva per ripararsi la faccia dai guizzi di luce di tanti colori che l'assaltavano da ogni parte, fanali, riverberi di vetrine, insegne luminose, in un subbuglio assillato da oscuri sospetti. Benché no: ecco là, al contrario, una faccia di donna che s'allargava di contentezza al riflesso d'una luce rossa; e là quella d'un bimbo che rideva, tenuto alto sulle braccia da un vecchio, davanti allo specchio d'uno sporto di bottega che ruscellava d'un getto continuo di gocce smeraldine. Fendevo la calca e con le due dita davanti alla bocca soffiavo, soffiavo su tutte quelle facce sfuggenti, senza scelta e senza voltarmi indietro ad accertarmi se davvero quei miei soffi producevano l'effetto già due volte sperimentato. Se lo producevano, chi avrebbe potuto attribuirlo a me? Non ero padrone di tenere quelle due dita davanti alla bocca e di soffiarci su per un mio innocente piacere? Chi poteva credere sul serio che un potere così inaudito e terribile mi fosse venuto in quelle due dita e nel soffio che emettevo appena su esse? Era ridicolo ammetterlo e poteva passare soltanto come uno scherzo puerile. Io scherzavo, ecco. E mi s'era già insugherita in bocca la lingua a furia di soffiare, e non avevo quasi più fiato tra le labbra appuntite, arrivato in fondo alla via. Se ciò che avevo sperimentato due volte era vero, eh perdio, dovevo avere ucciso, così scherzando scherzando, più d'un migliaio di persone. Non era possibile che il giorno dopo non si venisse a sapere, con terrore di tutta la città, di quella mortalità improvvisa e misteriosa.

Si venne difatti a sapere. Tutti i giornali, la mattina dopo, ne furono pieni. La città si svegliò sotto l'incubo tremendo d'una epidemia senza scampo scoppiata fulmineamente. Novecento sedici morti in una sola notte. Nel cimitero non si sapeva come riparare a seppellirli; non si sapeva come riparare a portarli via tutti dalle case. Sintomi comuni accertati dai medici in tutti i colpiti, dapprima l'avvertimento d'un malessere indefinito, poi la soffocazione. Dall'autopsia dei cadaveri, nessun indizio del male che aveva cagionato la morte quasi istantanea.

Restai, leggendo quei giornali, in preda a uno sgomento ch'era come lo sconcerto d'una orribile ubriachezza, confusione d'aspetti indistinti che s'avventavano, si sbattevano aggirati nel volume d'una nuvola che m'avvolgeva vorticosa; e un'ansia inesplicabile, un fremito pungente che urtava, urgeva contro qualcosa dentro che mi restava nero e immobile e a cui la mia coscienza, attratta ma tutta irta e in procinto di sbandarsi da ogni parte, si rifiutava d'accostarsi, toccava e subito se ne distaccava. Non so propriamente che cosa volessi esprimere, strizzandomi con una mano convulsa la fronte e ripetendo: «È un'impressione! È un'impressione!». Fatto si è che la parola, pur così vuota, m'aiutò a squarciare d'un lampo quella nuvola, e mi sentii per un momento sollevato, liberato. «Dev'esser tutta pazzia», pensai, «che m'è entrata nel capo per essermi trovato ieri a far quel gesto ridicolo e puerile prima che la calamità si dichiarasse di quest'epidemia piombata così di colpo sulla città. Sogliono spesso nascere da siffatte coincidenze le più sciocche superstizioni e le fissazioni più incredibili. Del resto, per liberarmene non ho che da aspettar qualche giorno senza più ripetere lo scherzo di questo gesto. Se è epidemia, come certo dev'essere questa spaventosa mortalità deve seguitare e non cessar così di colpo come è cominciata.»

Bene; aspettai tre giorni, cinque giorni, una settimana, due settimane: nessun nuovo caso fu segnalato dai giornali. L'epidemia era di colpo cessata.

Eh, ma pazzo no, domando scusa, nella ossessione di un simile dubbio, ch'io potessi esser pazzo, non potevo restare; pazzo, d'una pazzia che, a dichiararla, avrebbe fatto scoppiare chiunque dalle risa, no, via. Da una tale ossessione bisognava pur che mi levassi al più presto. E come? Rimettendomi a soffiar sulle dita? Si trattava di vite umane. Bisognava che fossi anche convinto che il mio atto era per se stesso innocente, da bambino, e che se gli altri ne morivano, non era colpa mia. Avrei sempre potuto credere a una ripresa della epidemia, dopo quella pausa di quindici giorni, poiché fino all'ultimo dovevo ritenere incredibile che la morte potesse dipendere da me. Ma intanto la tentazione diabolica d'acquistare una simile certezza, ben più terribile del dubbio che potessi esser pazzo, la certezza di sapermi dotato d'un così inaudito potere: come resistere a una tale tentazione?

Dovevo concedermi di fare ancora una prova, ma timida e cautelosa; una prova quanto più fosse possibile «giusta». La morte, si sa, non è giusta. Quella che dipendeva da me (se dipendeva da me) doveva esser giusta.

Conoscevo una cara bambina che, mentre giocava con le sue bambole, uscendo da un sogno per entrare in un altro, tutti diversi l'uno dall'altro, questo che la portava a un villaggio sul monte e quello che la portava a una spiaggia di mare, e poi dal mare a un paese lontano lontano, dov'era altra gente che parlava una lingua tutt'altra dalla sua, alla fine da tutti quei sogni s'era svegliata ancora bambina a vent'anni, ma proprio bambina bambina, con uno accanto che, appena uscito dall'ultimo di quei sogni, si era subito trasformato nella realtà di un omaccio straniero, in uno stangone alto due metri, stupido, infingardo e vizioso; e tra le braccia, invece della bambola, s'era trovato un povero esserino, che non si poteva dire un mostriciattolo perché aveva pure un visino d'angelo malato, quando la continua convulsione, a cui tutto il corpicciuolo era in preda, non gli deformava anche quello, orribilmente. «Morbo di...», non so, il nome di un medico straniero, inglese o americano, Pot mi pare seppur si scrive così (cara gloria, dare a un morbo il proprio nome!), «morbo di Pot» in una delle sue forme più gravi e senza rimedio. Quel bimbo non avrebbe mai parlato, mai camminato, né mai si sarebbe servito di quelle sue manine scarnite e scontorte dalla violenza degli spasimi atroci. Avrebbe potuto tirare così ancora per anni. Ne aveva tre? Forse fino a dieci. Eppure, non pareva vero, tra le braccia di qualcuno che avesse imparato a reggerlo bene come quello stangone del padre, appena poteva, in qualche momento di tregua, il povero bimbo sorrideva d'un sorriso così beato in quel suo visino d'angelo, che subito, cessato l'orrore per quei contorcimenti, la più tenera compassione faceva sgorgare le lagrime dagli occhi di quanti stavano a guardarlo. Pareva impossibile che solo i medici non capissero che cosa chiedeva il bimbo con quel sorriso. Ma forse lo capivano, perché avevano già dichiarato che certamente era uno dei casi davanti a cui non ci sarebbe stato da esitare, se la legge lo avesse permesso e ci fosse stato il consenso dei parenti. La legge è legge, perché crudele può essere, come spesso è, ma pietosa no, se non a costo di finire d'esser legge.

Io dunque mi presentai a quella madre.

La stanza dov'ella m'accolse era invasa dall'ombra e si vedevano come lontane le due finestre velate sul livido barlume dell'ultimo crepuscolo. Seduta sulla poltrona a piè del lettino, la madre reggeva tra le braccia il bimbo convulso. Io mi chinai su lui, senza dir nulla, con le dita davanti alla bocca. Il bimbo, al mio soffio, sorrise e spirò. Come la madre, abituata alla continua tensione spasmodica e guizzante di quel corpicciuolo, se lo sentì quasi sciolto d'improvviso tra le braccia e molle, rattenne un grido, alzò il capo a guardarmi, guardò il bimbo:

«Oh Dio, che gli hai fatto?».

«Niente, hai visto, appena un soffio...»

«Ma è morto!»

«Ora è beato.»

Glielo levai dalle braccia e lo deposi così tutto sciolto e molle sul lettino, col suo sorriso d'angelo ancora sulla boccuccia pallida.

«Tuo marito dov'è? Di là? Ti libero anche di lui. Non ha più ragione d'opprimerti. Ma poi tu resta sempre a sognare, bambina. Vedi che si guadagna a uscire dai sogni?»

Non ci fu bisogno che andassi in cerca del marito. Si presentò, come un gigante sbalordito, sulla soglia. Ma nell'esaltazione che mi dava la terribile certezza ormai acquisita, io mi sentivo già smisuratamente cresciuto, molto più alto di lui. «La vita che cos'è! Guarda, basta un soffio, così, a portarsela via!» E, soffiatogli sul viso, uscii da quella casa, ingigantito nella sera.

Ero io, ero io; la morte ero io; la avevo lì, nelle due dita e nel fiato; potevo far morire tutti. Per esser giusto verso quelli che avevo fatto morire prima, non dovevo ora far morire tutti? Non ci voleva nulla, purché mi fosse bastato il fiato. Non l'avrei fatto per odio di nessuno; non conoscevo nessuno. Come la morte. Un soffio, e via. Quanta umanità, prima di questa che ora mi passava ombra davanti, era stata soffiata via? Ma potevo mai tutta l'umanità? Disabitare tutte le case? Tutte le strade di tutte le Città? E le campagne e i monti e i mari? Disabitare tutta la terra? Non era possibile. E allora no, non dovevo più nessuno, più nessuno. Dovevo forse mozzarmi quelle due dita. Ma chi sa se non sarebbe bastato il solo fiato. Dovevo provare? No, no: basta! Mi sentivo raccapricciare, al solo pensiero, da capo a piedi. Forse bastava il soffio soltanto. Come impedirmelo? Come vincere la tentazione? Una mano sulla bocca? Potevo condannarmi a star sempre con una mano sulla bocca?

Così farneticando, m'avvenne di passare davanti al portone dell'ospedale, spalancato. Nell'androne, erano alcuni infermieri, lì di guardia per il pronto soccorso, che conversavano con due questurini e col vecchio portinaio; e sulla soglia, intento a guardar nella strada, stava col lungo camice di servizio e le mani sui fianchi quel giovane medico accorso al letto di morte del povero Bernabò. Come mi vide passare, forse per i gesti che facevo in quel mio farneticare, mi riconobbe e si mise a ridere. Non l'avesse mai fatto! Mi fermai; gli gridai: «Non mi cimenti in questo momento col suo sciocco sorriso! Sono io, sono io; l'ho qua», e gli mostrai di nuovo le dita congiunte, «forse nel soffio soltanto! Ne vuol fare la prova davanti a questi signori?». Sorpresi e incuriositi, gl'infermieri, i due questurini e il vecchio portinaio s'erano appressati. Col sorriso rassegnato sulle labbra che parevano dipinte e senza levarsi le mani dai fianchi, quello sciagurato non si contentò di pensarlo, questa volta, osò dirmi, scrollando le spalle: «Ma lei è pazzo!». «Sono pazzo?» incalzai. «L'epidemia è cessata da quindici giorni. Vuol vedere che la riattizzo e la faccio divampare in un momento, spaventosamente?» «Soffiandosi sulle dita?» Le risa fragorose che seguirono a questa domanda del dottore mi fecero vacillare. Avvertii che non avrei dovuto lasciarmi prendere dalla irritazione per l'avvilimento del ridicolo che quel mio gesto, appena fatto palese, inevitabilmente m'attirava. Nessuno, fuor che io, poteva credere sul serio ai suoi terribili effetti. Ma l'irritazione tuttavia mi vinse, come il bruciore d'un bottone di fuoco sulla carne viva, sentendo quel ridicolo quasi un marchio di scherno che la morte avesse voluto imprimermi concedendomi quell'incredibile potere. S'aggiunse a questo, come una sferzata, la domanda del giovane medico: «Chi le ha detto che l'epidemia è cessata?». Restai. Non era cessata? Mi sentii avvampare di vergogna le guance. «I giornali» dissi «non han più segnalato alcun caso». «I giornali» ribatté quello, «ma non noi, qua all'ospedale. Ancora casi, tre o quattro al giorno.»

«E lei è sicuro che siano dello stesso male?»

«Ma sì, caro signore, sicurissimo. Così si riuscisse a veder chiaro nel male! Risparmi risparmi il suo fiato.» Gli altri tornarono a ridere. «Sta bene» dissi allora. «Se è così, io sono un pazzo e lei non avrà paura a offrirmene una prova. S'assume la responsabilità anche per questi altri cinque signori?» Il giovane medico, di fronte alla mia sfida, restò un momento perplesso; ma poi il sorriso gli ritornò sulle labbra: si volse a quei cinque: «Avete inteso? Il signore presume che gli basta soffiarsi appena sulle dita per farci morire tutti quanti. Ci state? Io ci sto». Quelli esclamarono a coro, sghignazzando: «Ma sì, soffi, soffi, ci stiamo anche noi, eccoci qua!». E mi si misero tutt'e sei in fila davanti, coi volti protesi. Pareva una scena di teatro in quell'androne d'ospedale, sotto la lanterna rossa del pronto soccorso. Erano certi d'aver da fare con un pazzo. Ormai non potevo più tirarmi indietro. «È l'epidemia, caso mai, non sono io, eh?» E per esser più sicuro, congiunsi come al solito le due dita davanti alla bocca. Al soffio, tutt'e sei, uno dopo l'altro, s'alterarono in viso; tutt'e sei si piegarono sul busto; tutt'e sei si portarono una mano al petto, guardandosi l'un l'altro negli occhi infoscati. Poi uno dei questurini mi saltò addosso, attanagliandomi il polso; ma subito si sentì soffocare, mancar le gambe, mi cadde ai piedi come a implorarmi aiuto. Gli altri, chi vagellava, chi annaspava con le braccia, chi era restato con gli occhi sbarrati e la bocca aperta. Istintivamente, col braccio libero feci per parare il giovane medico che s'abbatteva su me; ma anche lui, come già Bernabò, mi respinse furiosamente, e traboccò a terra con un gran tonfo. Una frotta di gente, che a mano a mano diventava folla, s'era intanto raccolta davanti al portone. I curiosi, di fuori, spingevano, mentre gli sgomenti rinculavano dalla soglia e pigiavano in mezzo agli ansiosi che volevano vedere che cosa stesse accadendo in quell'androne. Lo domandavano a me, come a uno che lo dovesse sapere, forse perché il mio volto non esprimeva né la curiosità, né l'ansia, né lo sgomento che erano in loro. Che aspetto avessi, non potrei dirlo; mi sentivo in quel momento come uno sperduto, d'improvviso assaltato da una muta di cani. Non vedevo altro scampo che nel mio gesto puerile. Dovevo aver negli occhi una espressione di paura e insieme di pietà per quei sei caduti e per tutti coloro che mi stavano intorno; fors'anche sorridevo dicendo a questo e a quello nel farmi largo: «Basta un soffio... così... così»; mentre da terra il giovane medico, testardo sino alla fine, gridava contorcendosi: «L'epidemia! L'epidemia!». Fu una fuga generale; e io mi vidi ancora per poco in mezzo a tutta quella gente che correva spaventata e all'impazzata, andare, io solo, a passo, ma come un ubriaco che parlasse tra sé, dolce e appenato; finché mi trovai, non so come, innanzi a uno specchio di bottega, sempre con quelle due dita davanti alla bocca e nell'atto di soffiare «così... così...», forse per dare una prova dell'innocenza di quell'atto, mostrando che, ecco, lo facevo anche su di me, nel solo modo che mi fosse possibile. M'intravidi per un attimo appena in quello specchio, con occhi che io stesso non sapevo più come guardarmeli, così cavati dentro com'erano nella faccia da morto; poi, come se il vuoto mi avesse inghiottito, o colto una vertigine, non mi vidi più; toccai lo specchio, era lì, davanti a me, lo vedevo e io non c'ero; mi toccai, la testa, il busto, le braccia; mi sentivo sotto le mani il corpo, ma non me lo vedevo più e neanche le mani con cui me lo toccavo; eppure non ero cieco; vedevo tutto, la strada, la gente, le case, lo specchio; ecco, lo ritoccavo, m'appressavo a cercarmi in esso. Non c'ero, non c'era nemmeno la mano che pur sentiva sotto le dita il freddo della lastra; un impeto mi prese, frenetico, di cacciarmi in quello specchio in cerca della mia immagine soffiata via, sparita. E mentre stavo così contro la lastra, uno, uscendo dalla bottega, m'investì e subito lo vidi balzare indietro inorridito e con la bocca aperta a un grido da pazzo che non gli usciva dalla gola: s'era imbattuto in qualcuno che doveva esser lì, e non c'era, non c'era nessuno. Insorse in me allora prepotente il bisogno d'affermare che c'ero; parlai come nell'aria; gli soffiai nel volto: «L'epidemia!» e con una manata in petto lo abbattei. Intanto la via, messa in subbuglio da coloro che prima erano fuggiti e che ora, con visi da spiritati, tornavano indietro, certo concitando tutti in cerca di me, s'empiva di gente che da ogni parte rampollava, strabocchevole, come un fumo denso di facce cangianti che mi soffocava, vaporandosi quasi nel delirio d'un sogno spaventoso; ma pur pigiato tra quella calca, potevo andare, aprirmi un solco col soffio sulle mie dita invisibili. «L'epidemia! L'epidemia!» Non ero più io; ora finalmente lo capivo: ero l'epidemia, e tutte larve, ecco, tutte larve le vite umane che un soffio portava via. Quanto durò quell'incubo? Tutta la notte e parte del giorno appresso stentai a uscire da quella calca, e liberato alla fine anche dallo stretto delle case della città orrenda, mi sentii nell'aria della campagna aria anch'io. Tutto era dorato dal sole; non avevo corpo, non avevo ombra. Il verde era così fresco e nuovo che pareva spuntato or ora dal mio estremo bisogno d'un refrigerio, ed era così mio, che mi sentivo toccare in ogni filo d'erba mosso dall'urto d'un insetto che veniva a posarsi; mi provavo a volare col volo quasi di carta, distaccato, di due farfalle bianche in amore; e come se veramente ora fosse uno scherzo, ecco, un soffio e via, e le ali distaccate di quelle farfalle cadevano lievi nell'aria come pezzi di carta. Più là, su un sedile guardato da oleandri, sedeva una giovinetta vestita d'un abito di velo celeste, con un gran cappello di paglia guarnito di roselline; batteva le ciglia; pensava, sorridendo d'un sorriso che me la rendeva lontana come un'immagine della mia giovinezza. Forse non era altro veramente che una immagine rimasta lì della vita, sola ormai sulla terra. Un soffio e via! Intenerito fino all'angoscia da tanta dolcezza, rimanevo lì invisibile, con le mani afferrate e trattenendo il respiro, a mirarla da lontano; e il mio sguardo era l'aria stessa che la carezzava senza che lei se ne sentisse toccare.

SOMMARIO

BUR
Finito di stampare nel marzo 2009 presso
il Nuovo Istituto Italiano d'Arti Grafiche - Bergamo
Printed in Italy

pillole BUR

I 36 STRATAGEMMI
A cura di L.V. Arena

A TAVOLA CON OMERO
A cura di L. Del Corno

L'ALFABETO DELL'AMORE
A cura di L. La Rosa

L'ANNO CHE VERRÀ
A cura di L. La Rosa

ANTICHE STORIE D'AMORE
A cura di A. Postiglione

C. Baudelaire
I FIORI DEL MALE

M.A. Bulgakov
CUORE DI CANE

C. Castaneda
LA RUOTA DEL TEMPO

Catullo
CANTI D'AMORE

A. Čechov
IL GIARDINO DEI CILIEGI
ZIO VANIA

Dalai Lama
LA VIA
DELLA TRANQUILLITÀ

Dante
LA DIVINA COMMEDIA
Canti scelti

Epicuro
LETTERA SULLA
FELICITÀ

ERETICHE, BISBETICHE,
PROFETICHE. LE DONNE
DI W. SHAKESPEARE

Esopo
FAVOLE

Euripide - Seneca
IL MITO DI MEDEA

Fedro
FAVOLE

G.K. Gibran
LE ALI SPEZZATE
IL PROFETA

J.W. Goethe
GLI ERRORI RENDONO
AMABILI. MASSIME
E RIFLESSIONI

N. Gogol'
IL CAPPOTTO

HAIKU
A cura di L.V. Arena

I-CHING
A cura di L.V. Arena

I HAVE A DREAM
A cura di D. Bidussa

H. Ibsen
UNA CASA DI BAMBOLA

Ippocrate
IL GIURAMENTO

O. Khayyam
QUARTINE

S. Kierkegaard
SUL MATRIMONIO

G. Leopardi
CANTI
PENSIERI

N. Machiavelli
IL PRINCIPE
Con testo a fronte in italiano corrente a cura di P. Melograni

Mao
UN SOLE ROSSO AL CENTRO DEI NOSTRI CUORI

E.L. Masters
GLI AMANTI DI SPOON RIVER

METTERE A FUOCO DIO
A cura di D. Rondoni

IL MITO DI ULISSE
A cura di S. Beta

M. Musashi
IL LIBRO DEI CINQUE ANELLI

P. Neruda
POESIE

F. Nietzsche
COSÌ PARLÒ ZARATHUSTRA

Ovidio
L'ARTE DI AMARE

B. Pascal
PENSIERI

PENSIERI DI NATALE
A cura di L. La Rosa

PENSIERI EROTICI
A cura di L. La Rosa

L. Pirandello
AFORISMI
A cura di G. Ruozzi
IL BERRETTO A SONAGLI
CIASCUNO A SUO MODO
COSÌ È (SE VI PARE)
ENRICO IV
L'ESCLUSA
IL FU MATTIA PASCAL
LA GIARA E ALTRE NOVELLE
IL GIUOCO DELLE PARTI
SEI PERSONAGGI IN CERCA D'AUTORE
UNO, NESSUNO E CENTOMILA

Plutarco
CONSIGLI AI POLITICI
CONSIGLI D'AMORE

POETI CON NOME DI DONNA
A cura di D. Rondoni

LE POESIE CHE HANNO CAMBIATO IL MONDO
A cura di D. Piccini

POESIE D'AMORE
A cura di R. Serra

PROIBITO
A cura di M. Marino

LA REGOLA CELESTE – IL LIBRO DEL TAO
A cura di P. Ruffilli

SATIRA DA ARISTOFANE
A CORRADO GUZZANTI
A cura di N. Fano

Seneca
L'ARTE DI VIVERE
LA VITA FELICE
VIZI E VIRTÙ DELL'ANIMO UMANO

W. Shakespeare
LA SOSTANZA DI CUI SONO FATTI I SOGNI

Sofocle – Seneca
IL MITO DI EDIPO

STORIELLE EBRAICHE
A cura di F. Fölkel

STUPIDA È LA GUERRA
A cura di M. Lunari

Sun Pin
L'ARTE DELLA STRATEGIA

Sun-tzu
L'ARTE DELLA GUERRA

IL TAO DELLA MEDITAZIONE
A cura di L.V. Arena

Y. Tsunetomo
HAGAKURE – IL CODICE DEI SAMURAI

Va-tsya-yana
KAMA SUTRA

VIVA LA RIVOLUZIONE!
A cura di P. Tincani

W. Whitman
O CAPITANO! MIO CAPITANO!

O. Wilde
DETTI E AFORISMI

RCS Libri

ISBN 978-88-17-01474-8